7

Jul.

阵雨中的车站

[日] 川端康成 _ 著

一 生 中 , 哪 怕 能 使 一 个 人 获 得 幸 福 , 也 是 自 己 的 幸 福

叶渭渠 _ 译

浙江人民出版社

目 录 Contents

——

拾骨

　　山谷里有两个池子。

　　下面的池子光灿灿的，恍如蓄满一泓熔化了的银水。上面的池子却呈死一般的深绿，悄悄地把山影沉了下去。

　　我脸上黏糊糊的。回过头来，只见我踩出一条路的草丛上、矮竹上滴了血。这一滴滴的血，仿佛都跃动起来。

　　温乎乎的鼻血，后浪推前浪似的涌了出来。

　　我慌忙用三尺长的腰带堵住鼻孔，仰脸躺下来。

　　日光不是直射，但承受着日光的绿叶的背面却令人晃眼。

　　堵塞在鼻孔中间的血，令人不快地往回流淌，一呼吸就怪痒痒的。

　　油蝉漫山遍野，鸣个不停。知了的鸣声乍响，有点叫人吃惊。

　　七月晌午前，仿佛落下一根针，又仿佛倒塌了什么。我似乎动弹不了。

　　我躺着直冒汗珠子，只觉得蝉的喧嚣、绿的压迫、土的温馨、心脏的跳动，都凝聚在我脑子的焦点上。刚觉凝聚的时候，一下子又散发了。

　　然后，我仿佛飞快地被天空吸走了。

"少爷，少爷。喂，少爷！"

从墓地传来呼唤声，我猛然站了起来。

葬礼过后的翌日上午，我来给祖父拾骨。在来回翻动尚微温的骨灰的时候，鼻血又滴滴答答地流了出来。为了不惊动他人，我用腰带的一端捂住鼻子，从火葬场登上了小山。

听到呼声，我跑下山去。银光闪耀的池子倾斜、摇曳、消失了。去年的枯叶很滑。

"少爷真是个乐天派啊。上哪儿去了？刚才我把尊祖父的骨灰都拾好了。请看看吧。"一个经常出入我们家的老太婆说。

我把矮竹丛踩得蓬蓬乱乱的。

"是吗，在哪儿？"

我一边为大量出血后的脸色和黏糊糊的腰带而担心，一边走到了老太婆的身边。

她的手掌就像一张揉得皱巴巴的柿漆纸，在这手掌中的白纸上盛着约莫一寸长的石灰质的东西，好几个人的目光都集中在上面。

像是喉核。我强作如是想，似乎觉得它成了人的形状。

"刚刚好不容易才找到的。唉，尊祖父也就是这么一副模样了。请把它装进骨灰盒里吧。"

这是多么乏味的事啊——祖父失明的眼睛里再也不会洋溢着喜色，来迎接我回家开门的声音了。一个不曾见过面的、自称姨母的女人身穿黑绉绸衣服站在那里。真是不可思议。

身旁的骨灰盒里，杂乱无章地装着脚、手、脖颈的骨灰。

这火葬场只挖了一个细长的洞穴，没有围墙，也没有顶棚。

灰烬的热度很高。

"走吧，去墓地吧。这里怪味儿太大，连阳光都是黄色的。"我说。

我头昏脑涨，担心鼻血又要涌流出来。

回首一看，一个经常出入我家的汉子已经抱着骨灰盒走了过来。火葬场上剩下的灰，昨日焚香后参加葬礼的人坐过的草席，都原封不动地放在那里。裹上银纸的竹子，也依然竖立在那里。

走向墓地的途中，我想起了这样一个传闻：据说昨晚守灵的时候，我祖父变成一缕蓝焰的鬼火，从神社的屋顶飞起，又从传染病医院的病房飞过，村庄的上空飘荡着一股令人讨厌的臭味。

我家的墓地不在村庄的坟场，而是在另一个地方。火葬场是在村庄坟场的一个角落里。

我来到了墓碑林立的我家的墓地。

我什么也无所谓了，真想一仰脸就躺在地上，在蔚蓝的天空下，呼吸一口新鲜的空气。

经常出入我家的老太婆把一个从山涧汲满水的大铜水壶卸在那里，说：

"老爷有遗嘱，要把他埋在最古远的先祖的墓碑下。"

她非常认真地谈到了我祖父的遗言。

老太婆的两个儿子，仿佛要抢在其他经常出入我家的村里人的前面，将最高处的古老的墓碑弄倒，翻挖下面的泥土。

掘得相当深，传来了骨灰盒落下去的声音。

死后，虽说将那石灰质的东西埋入先祖的遗址里，但人死一切皆空。他的生，将渐渐被人遗忘。

墓碑照原样又立了起来。

"来，少爷，告别吧！"

老太婆向小墓碑上哗哗地浇上了水。

香烟缭绕，可是在强烈的日光下，没有一丝烟云的影子。花儿蔫了。

大家闭目合掌膜拜。

我望着人们黄色的脸，忽然又浮想联翩。

祖父的生——死。

我像上了发条，有力地挥舞着右手。骨头嘎嘎地响。我端着一个小骨灰盒。

归途中，村里人纷纷谈论着祖父的事情，诸如老爷真可怜啦、真是个顾家的老爷啦、村里人难以忘怀啦之类的。不用说了。最悲伤的，恐怕只有我自己吧。

留在家中的一帮人，对我失去祖父，今后孤身一人将怎么办，甚表同情。在同情中，令人感到也夹杂着好奇心。

桃子从树上吧嗒掉落下来，滚到了我的脚跟前。从墓地回家，我们是绕着桃山的山麓走的。

这篇作品是我十八岁时（大正五年）写我虚岁十六岁那年发生的事。现将文章稍做修改，抄写出来。我对自己在五十一岁时整理抄写十八岁的作品，多少有点兴趣。光凭还活着，也够有意思的了。

祖父于五月二十四日辞世，但"拾骨"却在七月间进行，看来有些夸张。

我在新潮社发行的《文章日记》里有所记述，中间有一张纸破损遗失了。在"灰烬的热度很高"及"走吧，去墓地吧……"之间，日记本有两页脱落了。但是，脱落就由它脱落，我还是抄写出来了。

写这篇《拾骨》之前，我还写了一篇《走向故乡》的文章，把祖父所在的村庄唤为"你"，是从中学宿舍寄出的书信体，是一种幼稚的感伤。

现将《走向故乡》中与《拾骨》有关联的一部分摘抄如下：

……曾经向你那样坚决地宣誓过的我，前些日子在叔叔家里竟然同意把房产变卖掉。

还有，前些日子我把仓库、长方形衣箱以及衣柜都交到商人的手里了，你大概也看见了吧。

离开你以后，我家就变成贫穷的外乡人的旅舍。听说旅舍主人的妻子患风湿病作古后，这里就被用作关押邻居疯人的牢房。

不知什么时候，仓库里的东西被盗了。墓山周围渐渐被削掉，划入了贴邻的桃山的领地。祖父三周年忌辰将临近，可佛坛上的灵牌却被耗子的小便弄倒了。

帽子事件

正是夏天。每天清早，上野不忍池里的莲花蓓蕾发出可爱的声响，花朵绽开了。

这是夜间在横跨不忍池的观月桥上发生的事。

凭倚桥栏纳凉的客人密密麻麻，犹如一堆堆念珠。正吹拂着南风。大街上，连一般冰铺的布帘都松弛地耷拉下来，一动不动。就是这种时候，这里也微风习习，好让二尺金鳞的鱼儿看见投影在池子里的月亮。不过，这不是足以把沉甸甸的莲叶吹翻过来的风。

纳凉的客人中，有些是常客。常客熟悉风向。他们快快地过了桥，来到风道，跨坐在金色的桥栏上，探身桥外。然后脱下木屐，打着赤脚，把木屐并排在一起，将身子在上面落座。而后摘下帽子，要么放在膝上，要么摆在身旁。

广告霓虹灯在池子的南面流闪着亮光。

宝丹

推土机

宇津救命丸

狮子牌牙膏

手艺人模样的纳凉客谈论着这样的故事：

"连霓虹灯的字也是宝丹的最大……那是家老字号啰。"

"那是宝丹总店吧。"

"近来宝丹也冷清了。"

"不过，那种药还得数宝丹的最好。"

"是真的吗？"

"是啊。仁丹是全靠广告推销的嘛……"

这时，有人喊道："啊，糟了！"

只见一个小伙子在四五米远的前方，双手抓住桥栏瞅着桥下。麦秸草帽漂浮在水面上。

附近的纳凉客不约而同地轻松地笑了。掉落帽子的男人涨红着脸，想要走开。

"喂，喂，你！"

传来了严肃的呼喊声。喊人的汉子揪住了掉帽人的和服袖管。

"捡起来不好吗？也没有很费事嘛。"

掉帽人愕然地回头望了望这个瘦削的男人，马上用微微的苦笑掩饰过去了。

"算了。这样反而更好，可以买顶新的。"

"为什么？"

这是一种特别尖锐的语调。

"不为什么。这是去年的旧货，也该买顶新的了。再说，弄湿了，麦秸被水泡涨了。"

"趁还没被水泡涨赶紧捡起来不好吗？"

"想捡也捡不了啊。算了。"

"怎么会捡不了呢？就这样双手抓住桥栏，用脚往下够不就可以够着了吗？"

说着，瘦汉子把屁股探出池子，做出一副悬下去的模样。

"我从上面拽住你的一只手。"

瘦汉子这副模样逗得大家都笑了。三四个人站起来，走了过去。他们对掉帽人说："你呀，捡去吧。让池水戴帽子也不顶用嘛。"

"是啊。偌大的池子戴上一顶小帽也无济于事。简直是茉莉花喂牛，帽子喂大池啊。还是捡起来吧。"

掉帽人面对越聚越多的围观者，露出了敌意，说：

"就是捡起来也不能用了嘛！"

"捡起来看看。实在不能用，送给乞丐也好嘛。"

"倒不如一开始就落在乞丐的头上好啰。"

在人们的笑声中，瘦汉子显得非常机敏、非常认真。

"再磨蹭不就漂走了吗？"

于是，他一只手抓住栏杆，一只手伸向水面。

"来吧，攥紧这只手……"

"把它捡起来吗？"

掉帽人的口气，仿佛不是自己的事似的。

"是捡起来。"

"那么……"

掉帽人脱下木屐，做好了准备。

"请攥紧我的手。"

围观的人深感意外，笑声戛然而止。

掉帽人的右手被瘦汉子攥着，将左手搭在桥栏的边缘上，双脚顺着桥桁滑下。而后，将整个身子垂了下去。他的脚够着了水面。他用双脚把漂浮着的帽尖夹住，然后用一只脚的脚趾夹住帽檐，使劲地抬起右肩，将左手肘撑在桥栏边缘上，左手猛拽住右手。

这一瞬间，水柱腾起，他扑通一声沉到池子里了。

原来攥住他右手的瘦汉子忽然把手松开了。

"哇！"

"掉下去了！"

"掉下去了！"

正在拥挤着围观水面的观众这么说着，自己也被后面的人推搡，扑通扑通地掉进池子里了。

瘦汉子的大笑声，仿佛穿过这些喧嚣，清晰地传了过来。

"哈哈，哈哈哈……"

那个扬声大笑的瘦汉子倒在地上，然后像条黑狗似的从白桥向黑魆魆的市街跑去。

"他想逃跑！"

"他妈的！"

"那不是扒手吗？"

"是个疯子吗？"

"是个便衣警察吧。"

"……"

"……"

"那是上野山上的妖怪天狗啊。"

"那是不忍池里的水妖啊。"

少男少女和板车

少男少女四五人一组并排分坐在路旁板车的两端，把板车当作跷跷板玩了起来，弄得车轴咯吱作响。他们连晚饭也忘记吃了。男孩儿紧紧搂住女孩儿的肩膀，女孩儿把手扶在男孩儿的膝上或车上，每次脚着地的时候就使劲地蹬，让跷跷板一起一落。夏天傍晚昏暗的光线，让这小小的景物隐约地浮现了出来。行人稀疏，而且脚步是急匆匆的。

"咯噔，咯噔——上面是老爷，下面是乞丐……"板车上的孩子们随着跷跷板一上一下，不停地唱和着。

那个眉清目秀的十二三岁的男孩儿冷不防地把搂着两个女孩儿肩膀的双手松开，回过头来喊着：

"把小组换换吧！"

"干什么！不换也挺好嘛。来，跷快点！"背靠背另一方的一个孩子答道。

"不换换太没意思啦。这样，坐在车把上的人太亏了。跷不高嘛。"

"瞧你！胡说，胡说。不信，你瞧，不是跷得一样高吗？"一个十二三岁的美貌少女甩了甩她的披肩发，转过头来说。

“百合子，你别说啦。背靠背的伙伴是不知道高低的。可我看见了，坐在车把上的人太亏了。”

“就说龙雄你吧，你也不知道嘛。”

“不换，我可就不干啦。”

“坐在车把上的人也不亏嘛。换来换去多麻烦呀。还是加快蹬吧。”

“不干！”

“不干就算了。我知道为什么不干。噢，你是想同百合子一个组嘛。”一边搂住百合子的肩膀，一边同龙雄争辩的少年恶语伤人地说。

龙雄从车上蓦地跳下来，双手抓住车把。同一瞬间，他感到自己的视线同回过头来的百合子的视线碰在一起，脸上倏地绯红了。他那潇洒的眉宇间透出了明显的敌意，回答说：

“就说你吧，你也想同百合子一个组，才不愿意调换的嘛。”

百合子从车上跳了下来，满脸通红地站立在那里。她不甘示弱，意外地断然冲着与龙雄争吵的对方说：

“我讨厌春三这样说！算了，让我同龙雄一组吧。”

“什么？女孩子家，玩什么跷跷板，真是好出风头。”春三转过身来说。

“不行吗？”

“不行，车主一来，女孩子家逃脱不了。挨打我可不管。”

"谁打？是车铺的叔叔吗？他经常来我家呢。"

"什么？来过什么你家？我也坐过他的车呢。"

"哟，真的？什么时候？"

龙雄对春三和百合子的对话毫不在意，他心情平和，像还没玩够似的平静地说：

"怎么组合都行，重玩一遍，来！"

"嗯，好。好是好，不过我要编在龙雄一组。"

百合子真讨人嫌，男孩儿春三的自尊心被她伤害了，而且完全被她压垮了。

"什么呀，我才不愿意跟女孩儿编在一组呢。没有哪个男孩儿是愿意跟女孩儿编在一组的。对吧，龙雄，咱们男孩儿组成一组，好吗？"

"怎么都行，快点编组吧！"龙雄老老实实地听从了春三的意见。

"好吧。我不同龙雄编在一起，随便跟谁一组都行。"

"可是，男女都分开恐怕不行。女孩儿太轻，没意思。"春三脱口而出，说了一句。

百合子把眸子里的火花投向龙雄，仿佛在说：瞧！这不是吗，春三这笨蛋！可是，龙雄并没有回应这位少女投其所好的眼色。所以，百合子说：

"女孩儿也不轻嘛。"

"你说什么？就是轻嘛。熊蛋包就是轻嘛。"再次受到伤害的春三射出了锐利的目光。

"不轻呀。那样就算沉了吧。"

龙雄平和地插进一句：

"百合子太逞强。算了吧，你肯定要输的。"

"龙雄你这个熊蛋包，我才不会输呢，对吧？"

说罢，百合子回头看了看其他女孩子。数了数，少男五人，少女五人，除了三人以外，其他孩子都比她小两三岁。

"吹牛。那么玩吧，玩吧。好吗，龙雄？玩吧。看哪边沉嘛。"

百合子非常可爱地眯缝着眼睛，稍想了想，忽然天真地微微一笑，兴高采烈地摇晃着身体说：

"好嘛，好嘛。我不会输的，瞧着吧……嘿，快来呀！"

百合子跑了过去，紧紧攥住车把的前端。然后，她咬着招来的女孩儿的耳朵，哧哧地笑个不停。

"滑头，滑头。百合子耍滑头可不行呀。攥住车把的一头，太滑头啦。得攥住车身呀。"龙雄仿佛忘却一切似的叫喊着。

"可不是嘛，不这样就会输的啊。我倒无所谓，其他孩子都太小了嘛。"

春三再也沉默不了了。

"耍滑头就算了吧。女人真滑头。"

"男人才滑头呢，不是吗？这样就赢不了吧。你们是男子汉还是熊蛋包？"

"当然能赢，别逗能，你这个人真的好出风头啊。"

春三虽然没有输，但是攥住车尾的男孩儿们的脚不费劲地离开地面跷了上去。远离车轴、在车把这端的百合子和其他女孩子都喜不自禁。

"赢了，赢了！瞧啊，男熊蛋包，男熊蛋包！"

"输个屁。我们是决不会输的！"春三破口骂了一声，就冲男孩儿们嘀咕了几句，冷不防地发了一声号令：

"听着！一、二、三！"

五个男孩儿的胳膊和腹部一齐使劲，一下子就把车子猛压下来。

于是，百合子攥住车把的手被强推了上去，受到一股弹力的冲击，手松开了，她四脚朝天地猝然倒落在地上。她那漂亮的单和服下摆像是被风掀开了，她赶紧合拢起来，一下子翻过身子，用两只袖管捂住了脸面，抽抽搭搭地哭起来，趴在地上不起了。

其他女孩儿没有松开手，幸而没有摔落下来。

"哎呀！"

吃惊的少男少女跑到摔倒的百合子身边。春三偷偷瞧了一眼百合子的脸，认定她只是摔倒以后，说道：

"就爱哭！所以说女孩子就是熊蛋包嘛，动不动就哭。"

百合子听了这些话，立即站起来，可她依然用两只袖管掩住脸面，呜呜咽咽地断断续续说：

"好，等着瞧，我告诉我爸爸去……妈妈早就说了，别跟春三那孩子、那种人家的孩子玩……龙雄你也太狠了，太狠了。"

于是，她转过身去，跑到种着许多梧桐树的半洋式房子门前，把脸贴在门扉上，轻轻地抽动着肩膀。

"你说什么！那种人家？你们家才是土包子呢！好像我家不认识你父亲似的。"

春三说着，似乎在鼓励其他孩子要么继续玩跷跷板，要么开始玩别的新游戏。可是，龙雄和少男少女们都惦挂着靠在门上哭泣的百合子，也想家了。

满脸不悦的春三大概看透了靠在门上却不想开门的百合子的心思吧，他抽冷子跑到她身边，把嘴贴近她的耳朵。少女扭身把脸转了过去。他紧跟着转过去，要把少女抱住似的，一味附身窃窃低语。

百合子轻轻地点了点头，正同春三面对面，目光碰在一起。她有点羞答答似的笑了笑，而后再次点了点头。于是，春三和百合子又返回板车所在的地方。

这回是龙雄、春三、百合子和另一个女孩儿组成一组，板车的另一边则坐着比他们年少的六个孩子。龙雄和春三把胳膊搭在百合子的肩上，又开始蹬起跷跷板来了。

约莫过了五分钟，忽然间，大粒的雨点飘落在花落后长出嫩叶的樱树上，点点洒落在大地上，敲打在板车上。这之前，孩子们都忘了仰望一下黑压压的天空。

"哎哟，下雷阵雨啦。凉飕飕的。打湿了，打湿了。"

"雨点算什么。打湿了也没什么了不起的嘛。"

少年们用胳膊使劲按住想要站起来的少女的肩膀，挤来挤去，加快了跷跷板上下的速度。

"不干啦，我说不干了嘛！太冷了。会挨骂的啊！"

傍晚的雷阵雨把市街点缀得更加美了。

"要下雨了，回家吧……"春三高呼着跳了起来，男孩子一溜烟似的都跑散了。

"哎呀，太狠了！"百合子高声呼喊。

在倾盆大雨中的板车上，仅剩下孤身只影的百合子。

向阳

二十四岁那年秋天，我在海边的旅馆里与一位姑娘相遇。那是初恋。

姑娘抽冷子伸直脖颈，举起和服袖子，把脸面掩藏起来。

看见这般情状，我意识到自己的老毛病又犯了。实在难为情，挂着一副哭丧的脸。

"我又盯着你的脸了吧？"

"啊……不过，也没什么。"

姑娘的说话声非常柔媚，言辞却有点滑稽可笑，我这才稍微得救了。

"对不起啊。"

"哪里，也不是不能看……你看吧。"

姑娘放下和服袖子，露出一副腼腆的表情，准备接受我的目光。我把视线移开，望着大海。

我有个毛病，总是爱盯着身边的人看，让许多人都忍受不了。尽管我总想改正这个毛病，然而若不盯着身边人的脸，我就觉得十分痛苦。每次我觉察到自己又犯这个毛病时，就非常厌恶自己。我想，我自小没有了父母和家庭，过着寄人篱下的生活，对人习惯察言观色，或许这个毛病就是这样养成的吧。

我曾这样冥思：这个毛病是被别人收养之后养成的，还是以前在自己家里就有的呢？可是，总也勾不起足以弄清这个问题的回忆。

当时，我没盯视姑娘，而是把视线移向大海。海滩向阳，洒满了阳光。这向阳的地方，蓦然唤起了我深深埋藏在心底的往事。

双亲辞世后，我和祖父两人相依为命，在农村老家生活了近十年。祖父双目失明。多少年来，他都是坐在同一个房间的同一个地方，把长方形火盆放在跟前，面东而坐。而且不时晃动脖颈，朝向南方，绝不把脸扭向北面。我留意到祖父的这个习惯之后，祖父总把头扭向一方，便成了我的一桩心事。我时常长时间地坐在祖父面前，闷声不响地凝视着他的脸，观察他会不会偶尔把头扭向北方。祖父活像电动玩偶，每隔五分钟将头向右晃动一次，而且只朝向南方。我感到寂寥可怖。南面向阳。我寻思，难道只有南面才使盲人感受到一线光明？

我早已将这个向阳的故事忘却了，此时此刻却又回忆起来。

我一边心想，但愿祖父朝向北方，一边死死地盯着祖父的脸。对方双目失明，自然是我仔细端详他的脸居多。这回忆使我明白了我养成的爱盯视人脸的毛病的由来。我的毛病是在自家时就有的。它并不是我的卑贱心灵的残影，倒是我自己心安理得的自悲自怜养成的。这么一想，我便欣喜自若了。在我为了姑娘一心美化自己的时候，就越发如是想了。

姑娘又说：

"虽说习惯了，总还是有点害臊啊。"

听起来，这话声仿佛包含着这样一层意思：对方可以将目光重新移到她的脸上。打刚才起，姑娘似乎觉得自己露出了欠雅的举止。

我带着快活的表情望着姑娘，她脸上飞起一片红潮，而后又露出调皮的眼神，稚气地说：

"我的脸嘛，以后朝朝夕夕都看，也就不会觉得稀奇了。可以放心了。"

我笑了，忽然增加了对姑娘的亲切感。我很想带着姑娘和祖父给我留下的记忆，走向沙滩向阳的地方。

脆弱的器皿

马路的十字路口开设了一家古董店，店铺和马路的接合处，立着一尊瓷观音像，约莫像十二岁的少女一般高。电车驶过时，观音冰冷的身躯，伴同商店的玻璃门一起微微颤动。每次从旁边走过，我总是感到一阵轻微的神经痛，担心这尊观音像会不会倒在马路上……于是，我做了一个梦。

观音的身躯笔直地向我倒将过来。

她那双修长、丰盈而白皙的垂下的胳膊，冷不防地伸出来，搂住了我的脖颈。这两只无生命的胳膊变成有生命的部分，实在令人敬畏，加上接触到冰冷的瓷样的肌肤，我连忙躲闪开了。

观音像倒在地上，粉碎了，却听不见响声。

于是，她把碎片捡了起来。

她缩成一团蹲在那里，忙不迭地收拾散落一地的光闪闪的陶瓷碎片。

她的倩影的出现，使我震惊不已。我抱着近乎辩解的心情刚要开口说话，就猛然惊醒过来了。

这一切好像是在观音像倒下的一瞬间发生的。

我试图给这个梦增添一点什么意义。

待她们有如较为脆弱的器皿。[1]

那阵子，《圣经》上的这句话经常在我的脑海里萦回。"脆弱的器皿"常常使我联想起陶瓷器皿来，进而联想起她。

我是这样想的，年轻女子的确容易毁坏。有一种观点是，恋爱本身也意味着毁坏年轻女子。

在我的梦中，她不是正在忙不迭地收拾自己毁坏了的碎片吗？

---

1 见《新约·彼得前书》第三章。"她们"指妻子。

走向火海

远方，湖水闪烁着微光。是一片恍如月夜所见的旧庭院浊泉的颜色。

湖水对岸的林子在静静地燃烧。火势眼看着蔓延开去。像是闹山火。

在岸上奔驰的活像玩具的消防车，鲜明地倒映在水面上。

黑压压的人群从高坡下爬上来，望不见尽头。

我察觉到四周的气氛是明朗的，宁静得像干涸了似的。

高坡下的闹市一带，是一片火海。

她轻快地拨开拥挤的人群，独自走下高坡。从坡上往下走的，唯有她一人。

这是一个不可思议的无声的世界。

看到径直走向火海的她，我感到无法忍受了。

这时，我不是用语言，而是用心灵同她进行实实在在的交谈。

"为什么唯有你一人走下高坡？是想被烧死吗？"

"我不想死。不过，你家在西边，所以我要向东走。"

她的身影成了一个黑点，跳进了一片火海的我的视野里。我感到眼睛犹如针扎般疼痛，从梦中惊醒了。

眼角上流淌着泪水。

我早已知道她会说，不愿意向我家的方向走。她爱怎么想都可以。在理性的鞭笞下，我明白她对我的感情已彻底冷却。我表面上已经死心，实际上还是一厢情愿地单相思：在她感情的某个角落里，还有垂青于我的一滴。当然，这与现实的她毫无关系。我也曾无情地嘲笑过自己，然而暗中却依然希望自己这样存在下去。

既然做着这样的梦，难道我自己心灵的每个角落都确信，她对我的好意已经荡然无存了吗？

梦是我的感情。梦中她的感情，是我虚构的。那是我的感情。再说梦中的感情是不会逞强或虚饰的啊！

想起这些，我万分寂寥。

锯与分娩

不知为什么，好歹我知道那里是意大利。山岗上支起像粗条纹阳伞的帐篷。帐篷上的旗子迎着五月的海风飘扬。绿色的森林尽头，就是蓝色的海（酷似伊豆山温泉的海岸）。帐篷里有公用电话亭般的建筑物。这建筑物像是轮船售票处，或是海关办公室。其实，刚才我在那窗口兑换了一大笔外汇。我拿起用黄色厚纸裹着的小包，叭叭地敲了敲左手的手掌。小包里有外汇。这时，一个身穿灰黑色普通西服的女子站在了我的身旁。我想和她搭话。自己明知她是日本人，以为她不太懂意大利语，凝视着她。

然后，不知怎的，舞台转移到我故乡的农村去了。

约莫十个围观者聚集在某个门面美观的农家庭院里。他们虽然都是家乡的熟人，但醒来时，是谁和谁我全然不记得了。总之，不知什么道理，我和她非决斗不可。

上战场之前，我想去解小手。在人前，我的手依然按在和服上，很是为难。蓦地回首，我已在庭院正中央用闪光的刀刃同她战斗。看到这种情景的此方的我，深感震惊，虽然这是一个梦。

"能看到自己的幻影、自己的化身、自己的双重人格者，死也。"

第二个我觉得险些被她砍杀掉。她所持的武器是锯子的形状，像樵夫砍伐大树时使用的宽锯般的刀。

不觉间，我竟忘了解小手，同第二个我合为一体，与她展开白刃战。每次我挡住她那华丽装饰品似的武器时，我的刀就咔嚓一声砍进她的刀刃里。这时候，她的锯形刀刃就一块块崩裂，形成锯齿状，最后完全变成真的锯子了。还清清楚楚地说出了这样的话：

"据说自此以后有了锯子。"

就是说，这场白刃战发明了锯子，非常滑稽可笑。尽管是决斗，我却泰然自若，犹如观看电影中的打斗。我是以这样的心情来挥刀与她交锋的。

不一会儿，我一屁股坐在庭院的正中央，只顾用双腿夹住她的锯子，来作弄推拉不动锯子的她。

"我刚分娩完，身体很弱。"

果然，她的下腹肌肉皱褶变多了，松弛无力地耷拉下来。

我在凿岩建造的沿海公路上轻快地跑了起来（那儿很像纪伊汤崎温泉的海滨）。奔跑中的我觉得自己好像是要赶去看她的婴儿。在海角尖端的山洞里，刚生下的婴儿正在酣睡着。海潮的气味恍如绿色的灯火。她美滋滋地微笑着说：

"分娩也没什么了不起的。"

我满心喜悦，抓住她的肩膀说：

"我去通知。啊，我去通知她吧。"

"去通知吧，通知她分娩也没什么了不起的。"

这回她成了双重人格的人。在这里的她说："去通知在某处的她吧。"

从梦中惊醒了……我已经五年没见过她了，也不知她的下落。我脑子里不曾掠过她分娩之类的空想。然而，这场梦仿佛明显地暗示着我和她的什么。我躺在床上，一边欣赏着还残存在脑海里的那份爽朗的喜悦，一边做睁眼梦，自得其乐。她究竟在何处生下了谁的孩子呢？

蝗虫与金琵琶

　　沿着大学的砖瓦墙步行，一来到远离砖瓦墙的大学预科学校前面，就听见围着白色篱笆的校园里传来了虫声。这是从校园黑漆漆的叶樱下幽暗的草丛中传送出来的。这虫声，使我稍稍放慢了脚步，侧耳倾听。我很喜欢这种鸣声，不忍离开校园，便往右，然后又往左拐。出现在眼前的不是篱笆，而是一道栽着枸橘的河堤。在左侧拐角处，我不禁把闪烁的目光投向前方，匆匆地小跑过去。

　　前方河堤的尽头，一簇簇可爱的五彩灯笼的火光在摇曳，好像寂静的村庄在庆祝五谷神节。不到近处，也可以明白那是孩子们在河堤的草丛中捕捉虫子。足有二十个灯笼。一个个灯笼不是分别放出红黄蓝绿紫的光彩，而是每个灯笼都可以放出五光十色。有些小巧的红灯笼像是在商店里买来的。但是，更多可爱的四方灯笼都是孩子们自己精心设计，亲手制作的。二十个孩子聚集在这静悄悄的河堤上，摇晃着美丽的灯笼。此情此景，多么像一篇童话啊！

　　一天夜里，镇上一个男孩儿在河堤上听见了虫声，第二天晚上，他买了一个灯笼，打着它去觅寻鸣虫的所在。第三天，就来了两个孩子。新来的孩子买不起灯笼，找来个小纸盒，将前后剪掉，糊上薄纸，在盒底立一根蜡烛，顶上系上一根绳子，自制了一个"灯笼"。

孩子增至五人，后来又增至七人。他们学会了在剪好的纸盒上糊上采光薄纸，画了绚丽多彩的画。这些聪颖的小美术家还在纸盒上开了许多小洞，有圆的、三角的、菱形的，还有树叶形的。一个个不同形状的小亮洞，糊上了不同颜色的薄纸。还有的孩子在同一个灯笼上装饰了圆的、菱形的、红的、绿的花样。买灯笼的孩子扔掉了在店里可以买到的没有特色的灯笼，提着自制灯笼的孩子也扔掉了设计简单的灯笼。昨晚提过的灯笼是透亮的花样，第二天孩子们就不满足了。白天他们又找来纸盒、纸、画笔、剪刀、小刀和糨糊，一心创作别出心裁的灯笼。大概他们是心中想着"我的灯笼啊，做得最珍奇、最美丽"，然后踏上夜间捕虫的征途的吧。我眼前不就出现二十个孩子与美丽的灯笼了吗！

我伫立在那儿瞠目而视。四方灯笼剪成古代灯笼的式样。不仅剪出花样，而且在上面剪出诸如"吉彦""绫子"等制作者的名字。这与在红灯笼上画画不一样，它是把厚纸盒挖了小洞，然后贴上薄纸，烛光只能透过这些挖开的花样小洞照射出来，形成花样的色彩和形状。这二十个灯笼照亮了草丛。孩子们一个个蹲在河堤上，专心致志地搜索着虫声。

"蝗虫！谁要蝗虫？"一个男孩儿踮着脚站起来，冷不防地说。只有他一个站在离其他孩子八九米远的地方，窥视着草丛。

"给我！给我！"

六七个孩子簇拥过来，一个个摞在那个发现虫子的孩子背上。他们也在窥视着草丛。然后，那孩子扒开这些跑过来的孩子伸出的手，张开双臂，摆好姿势，守住有虫子的草丛。他右手摇晃着灯笼，冲着八九米远的彼方的孩子们又喊了一声：

　　"蝗虫，有人要蝗虫吗？"

　　"给我！给我！"

　　四五个孩子又簇拥过来，好像再也捕捉不到比蝗虫更好的虫子了。男孩儿又第三次喊道：

　　"有人要蝗虫吗？"

　　两三个孩子又簇拥过来。

　　"我要！我要！"刚跑过来的女孩儿站在发现虫子的男孩儿后面说。

　　男孩儿灵巧地回转身子，老老实实地弯下腰来，将灯笼倒到左手，然后把右手伸入草丛中。

　　"是蝗虫啊！"

　　"行啊，我要！"

　　男孩儿旋即站起来，说了声"给你"，便把攥住的拳头伸到女孩儿面前。女孩儿将左手拎着的灯笼绳挂在手腕上，用双手攥住男孩儿的拳头。男孩儿轻轻地将拳头松开，虫子转移到女孩儿的拇指和食指缝间。

"哎哟，不是蝗虫，是金琵琶啊！"女孩儿望着褐色的小虫，眼睛里闪烁着亮光。

"是金琵琶！是金琵琶啊！"

孩子们扬起了一片羡慕的欢呼声。

"是金琵琶！是金琵琶啊！"

女孩儿用那双明亮而智慧的眼睛，向给她虫子的男孩儿瞟了一眼，然后解下挂在腰间的笼子，将虫子放进去。

"啊，是金琵琶！"

"是金琵琶！"捕到金琵琶的男孩儿喃喃地说。

女孩儿把虫笼子举到眼前，看得入了神。男孩儿举起自己五彩缤纷的灯笼，为女孩儿照亮，他悄悄地望着女孩儿的脸。

原来是这样！我不免讨厌那男孩儿，同时也悲叹自己竟这般愚蠢。我现在才明白方才那男孩儿的所作所为。后来，我更是吃惊。瞧，那女孩儿的胸脯！连那个给她虫子的男孩儿、接受虫子的女孩儿，直勾勾地望着他们两人的孩子们也都没有觉察到这一点。

可不是吗？映在女孩儿胸脯上的绿色微光中，清晰地幻化出"不二夫"三个字来。原来男孩儿在举起笼子的女孩儿身边，打着剪成透亮花样的灯笼，靠近了女孩儿的白色单衣。灯笼上剪成男孩儿名字"不二夫"三个字的地方贴上了绿纸，它的形状和色彩原样地映在女孩儿的胸脯上。女孩儿的灯笼仍然挂在她的左腕上，松弛地耷拉下来。虽然不像"不二夫"三个字那样清晰，但在男孩儿腰间却摇曳着红色的亮光，细看可以辨出"清子"二字。这绿色的亮光和红色的亮光在戏耍——可能是戏耍吧，不二夫和清子却全然不知道。

即使不二夫把送金琵琶的事、清子把接受金琵琶的事永远记在心间，他们做梦也不会想到还有这段往事，更是无从回忆。不二夫哪会想到自己的名字透过绿光映在清子的胸脯上，清子的名字透过红光映在自己的腰间呢？同样，清子哪会料到自己的胸脯上透过绿光映出不二夫的名字，不二夫的腰间透过红光映出自己的名字呢？

少年不二夫啊，当你迎来青春期的时候，愿你也能对姑娘说声"是蝗虫啊"，然后将金琵琶送给她，望着她说声"哎哟"，露出喜悦的表情和会心的微笑。或是你说声"是金琵琶啊"，然后将蝗虫送给她，望着她说声"哎哟"，露出哀伤的表情和会心的微笑。

再有，就算你有智慧，独自在远离其他孩子的草丛中觅寻虫子，也不能总是找到金琵琶呀。也许你捕住的是蝗虫般的女人，却完全相信她是金琵琶。

最后，因为你的心蒙上了暗影，你会把真正的金琵琶也看成蝗虫的。有朝一日，当你感到人世间到处都充斥着蝗虫的时候，我也许会遗憾地认为，那时候你压根儿就无从回忆起今宵你那美丽的灯笼的绿光，在少女胸脯上幻化出光的游戏吧。

手表

一个穷法学学士在一位律师的法律事务所工作，他为一位市议会议员的受贿案做过辩护，意外地认识了一位美丽的女友，还得到了一小笔钱。

他邀请她看了戏。

两人从剧场出来，坐上了小型出租车。坐汽车，他是生平第一次。半年前去温泉的时候，他还是坐带篷的马车，连公共汽车也敬而远之。

在狭窄的车厢里，空气仿佛被切成了小块，他身边笼罩着年轻女子的气息。汽车在没有风声的寒夜中奔驰。毋宁说，他的感情是畏缩在怯懦之中，简直手足无措。忽然，他心不在焉地说：

"剧场门口待客的，都是些便宜的出租车啊。天气太冷了，与其走到高级出租汽车公司去，不如凑合坐这种车啰。"

"嗯。"

女子简短地应了一声，回过头来像是要探问什么。他却快嘴地补充说：

"不过，车身摇摇晃晃，车厢小，却反而冷呢。"

然后，像是要证实自己的什么东西似的，他敲响了没有铺垫的硬座席。

"反正就是它了。真够呛啊。"

"是啊。"

女子一时找不到适当的话。他有点自我嫌恶，顿时冷场了。

他打算扭转这种局面，忽然冒失地伸过手去，想将女子放在膝上的手翻过来。

"现在几点啦？"

不料女子尖叫了起来。

"哎呀，真糟糕，这只手表！"

他吓得把手缩了回来。女子脸上飞起一片红潮。

"这只手表真讨厌。我手腕细，表太大了，是日本制的。国产货，而且是旧式的。我戴手表，你是什么时候看见的？你一直看到我的袖管里了吧？"

顿时，他呆若木鸡，连奉承的话也说不出来了。

"这是家母的遗物，才随身带着。把母亲的纪念品带在身边，是不是脑筋太旧了呢？"

"这样一来，就可以听见令堂的声音了，对吧？"

"家母的声音？嗯，是啊，这是国产货，很像日本女人，声音沙哑而迟缓。"

"怎么样？"

这时，他才稍许轻松地握住女子的手，把它凑到自己的耳边。

"喏，听见了吧……家母说过，不能和男人一起外出哪。"

女子微笑了。她的手接触到他的脸，她的颤抖从脸上直传遍他的全身。

不能轻率地蔑视这两人的虚荣心。因为虚荣的偶然的结果，将会给像他这样一个对世上的女性感到卑屈和畏惧的人，多少带来一点恋爱的勇气。

总而言之，由此看来，恋爱这种东西，也许是必须利用某种媒介才能成立的无聊之事吧。

然而，这件事也许会给他的生命带来一次飞跃，使他的情感进一步加深吧。为什么呢？哪怕仅仅是因为轻轻地接触了她的肌肤，他也未必不这样思忖：

"让我来重新改变这个美丽女子的人生吧，我要让她背上她生育的孩子，戴着这只金手表走进当铺里去！"

戒指

清贫的法律系大学生带着翻译工作来到了山中温泉浴场。

从城里来的三个艺伎用团扇遮脸，在林中小亭子里睡午觉。

他从林子尽头的台阶上，下到了溪流那边。一块大岩石把溪水劈成两半，蜻蜓一群群飞在上空。

一位少女裸体站在温泉浴池边上。溪水穿过岩石涌流而来。

他心里想，她大概是十一二岁吧。他无所顾忌地将脱下来的浴衣扔在河滩上，将身子沉在少女脚边的温泉水里。

似乎闲极无聊的少女，全身泛起蔷薇色，红润的脸做出一副魅人的亲近模样。她微笑了。一睹她的身躯，就明白她是艺伎人家的孩子。她的身体透出一种病态的美，让人很快地感到未来将会带给男人官能的享受。

他露出惊讶的神色，他的感觉像扇子似的展开了。

少女忽然举起左手，轻声地说：

"哎哟，都忘了把它脱下来，就这样戴着下水了。"

他顺着她迷人的声音，情不自禁地抬头望了望少女的手。

"小东西！"

这一瞬间，与其说他怨恨自己不知不觉上了少女的圈套，不如说他心头涌上了一股强烈的厌恶感。

原来她是想让他看戒指——她进温泉时，戒指有没有脱下来，他并不知道，但是中了小孩的计谋则是很明显的。

他露出了一副连自己也想象不到的不悦神色。少女涨红着脸抚弄着戒指。他苦笑地掩饰自己的稚气，若无其事地说：

"这是只好戒指啊。让我瞧瞧！"

"是蛋白石呢。"

果然，她神采飞扬地说罢，就在浴池边上蹲了下来。她刚将戴着戒指的一只手向他伸去，一个趔趄，就势将另一只手搭在他的肩上了。

"蛋白石？"

从她的声音中，他感到她相当早熟，所以重复了一句。

"嗯。我的手指很纤细。戒指是请人用金特制的。不过，人家说宝石太大了。"

他抚摩着少女的小手。宝石闪烁着淡黄中带紫的柔和的光，显得异常地美。少女把身子正面靠过去，盯着他的脸，似乎得到了极大的满足。

也许为了让他好好看看戒指，少女这么赤裸着让他抱在膝上也不会吃惊吧。

相片

一个丑陋的人——这么说未免太失礼。不过，唯其丑陋，才成为诗人。这诗人曾经这样对我说。

我讨厌相片，难得想到照相。仅在四五年前与情人合拍过一张订婚纪念照。对我来说，她是我珍爱的情人。因为在这一生中，我没有信心还能不能找到这样一位女子。缘此，这张相片如今成了我的一个美好的纪念。

可是，去年一家杂志社的人来说要刊登我的照片，我从一张和情人、情人的姐姐三人的合影中剪下我的像，给杂志社寄去了。最近，一家报社的记者又来要我的相片。我有点迟疑，最后还是把我和情人的合影剪下一半，交给记者了。我叮嘱用毕务必归还，可最终却没有归还给我。嘿，也就算了。

虽说算了，可看见剩下的另一半、情人独自一人的相片，我实在感到意外。这就是那位姑娘吗？……我声明一下，这张相片上的情人的确可爱，美极了。她当年年方十七，并且在谈恋爱，可是，我看见分开以后留在我手里的她那部分相片，就蓦地觉得：什么呀，她原来竟是这样一个乏味的姑娘吗？过去我一直将它看作一张最美的相片啊！长年的梦顿时索然寡味地惊醒了。我珍爱的宝物全毁了。

这样一来……诗人更加压低嗓门儿说。

倘使她看到报上刊登的我的照片，也一定会这样想：同这样一个男人谈过恋爱，纵令是短暂的，自己也是暗自悔恨的——至此，一切都宣告完结了。

然而，我想，假使报上将两人的合影原封不动地刊登出来，她会不会从某处飞回我的身边，嘴里念叨：啊，他真是……

结发

一位姑娘想梳头。

是在深山的一个小村庄里。

这姑娘来到梳头铺，大吃了一惊。村里的姑娘都已聚集在那里了。

姑娘们将散乱的桃瓣形发髻梳理一新的当天晚上，一中队的士兵开到这个村庄来。村公所把他们分派在各家各户借宿。总之，全村没有一户没有客人。接待客人简直成了新鲜的事。姑娘们总是惦记着把头发梳妆一番。

当然，姑娘们和士兵之间没有发生任何事情。翌日一大早，中队就开拔，离开村庄，越过山头了。

然而，梳头妇已经累得精疲力竭，她以为有四天可以完全空闲了。干完活，心情愉快，与军队开拔在同一个早晨，她乘马车越过同一个山头，和她的男人幽会去了。

一到达山那头那个大一点的村庄，村里的梳头妇就对她说：

"啊，真高兴。你来得正好，帮个忙吧。"

这里也聚满了村里的姑娘。

她在这里也为别的姑娘梳起桃瓣形发髻来，傍晚时分才到她男人干活的村庄的小银矿山去。一见她的男人，就说：

“要是我跟着大兵走，准会赚大钱的。”

“跟着走？别开玩笑。你以为那帮穿黄色军服的小毛孩子好吗？浑蛋！”

男人狠狠地搂了一下梳头妇。

梳头妇累得身心交瘁，浑身瘫软。她以娇媚的目光瞪了那男子一眼。

……大兵像是从山上行军下来了，他们那嘹亮的充满力量的喇叭声，响彻笼锁在薄暮中的村庄。

金丝雀

夫人，我不得不违约给你写这最后一封信。

去年你送给我的金丝雀，我无法饲养了。因为这对金丝雀一直是妻子替我喂养的。我的任务只是观赏。观赏之余，不免想念夫人你……

夫人曾经说过："你有妻室，我也有丈夫。咱们分手吧！哪怕你没有妻子也好……这对金丝雀是送给你作纪念的。瞧，这金丝雀是夫妻成对的啊，但这不过是我从一家鸟铺随便抓来的一雄一雌，放在一个笼子里而已，不是金丝雀自愿的啊。总之，看见这对鸟就想起我吧。也许将生物作为纪念品馈赠，有点滑稽可笑吧。可是，我们的回忆也是活生生的啊。金丝雀终有一死。倘使我们对彼此的回忆到了不得不死的时候，那就只好让它死去吧。"

这对金丝雀将要死去。因为饲养的人已经不存在了。像我这样一个画家，贫穷且懒散，是饲养不了这种娇弱的小鸟的。说得更明确些吧，一直喂养小鸟的妻子与世长辞了。说什么妻子死了，金丝雀也将要死去。这样看来，夫人，让我保持对你的怀念的，莫非是我的妻子？

我曾经考虑是不是把金丝雀放回天空。然而，自从妻子过世以后，这对小鸟的翅膀忽然变得软弱无力，而且也不认识天空了。因为在这城市里，在附近的森林里，都没有与这对夫妻合群齐飞的鸟友。假如让这两只金丝雀分别飞上天，恐怕会全都死去吧。夫人曾经说过："这不过是我从一家鸟铺随便抓来的一雄一雌，放在一个笼子里而已……"

尽管如此，我也不愿意卖给鸟铺。因为这是夫人馈赠的金丝雀。同时，我也不愿意还给你，因为是妻子喂养的。而且，也许夫人早已把这金丝雀忘却了，岂不是给夫人增添麻烦了吗？

再多说一遍。妻子在，金丝雀才能活到今天，才得以作为对夫人的怀念。所以，夫人，我想让这对金丝雀为妻子殉葬。再说，这也不仅是怀念。为什么我会爱恋夫人呢？难道不正是因为有妻子在吗？妻子使我完全忘却了生活的艰辛，使我能不去盼顾另一半的人生。不然，在像夫人这样的女子面前，我一定是要么把视线移开，要么低下头来。

夫人，我可以把这对金丝雀杀掉，埋在妻子的坟墓里吧？

港口

这港口是一个饶有兴味的港口。

良家妇女和姑娘到旅馆里来，而且在住着客人的房间里过夜。早晨起来，同客人一起用午餐，一起散步，很像是一对新婚旅行的夫妇……

尽管如此，一旦客人提出："我带你到附近的温泉浴场好吗？"女子就会歪着脑袋，陷入沉思。但是，客人说："在这港口租间房子好吗？"倘使这女子是个姑娘，一般都会高兴地说：

"倘使时间不太长，不是半年、一年，就可以给你当太太。"

一天早晨，他要乘船离开，急忙打行李的时候，帮忙收拾的女子说道：

"喏，帮我写封信好吗？"

"什么？到这会儿才……"

"我已经不是你的太太了，总可以吧？你在，我始终陪伴在你的身旁，从不干坏事。可如今我已经不是你的太太了，对吧？"

"是啊，是啊。"

说着，他帮她给一个男子写了一封信。这男子似乎也曾在这旅馆里，与这女子同居达半个月之久。

"你也会给我写信吗？当某个男子要乘船离开的早晨，当你不是某个男子的太太的时候。"

白花

近亲结婚在世世代代地重复着。她的家族因患肺病而渐趋灭绝。

她也长着很瘦小的肩膀。倘若拥抱，男子是会吃惊的吧。

一个亲切的女子说：

"结婚可要留神啊！找身体强壮的可不行。要找看似瘦弱却没有任何疾病，肌肤白净却又与肺病无缘的……要找总是正襟危坐，不喝酒，且笑容可掬的……"

但是，她还是喜欢幻想强壮男子的胳膊，渴望着有力的胳膊一拥抱自己，就可以使自己的筋骨挤出声音来。

她长着如花似玉的容颜，却令人觉得不时现出自暴自弃般的姿态。她闭上眼睛，仿佛纵身投入人生的大海，任其漂浮。这风韵使她更加妖媚了。

表兄来鸿——终于患了肺病。这不过是早在童年时代就有了思想准备的、命运安排的时刻到来罢了。是静悄悄的。然而，唯有一桩憾事，那就是为什么不趁尚健康的时候，哪怕是仅有的一次，对她说声"让我亲吻你"呢。但愿她的双唇没有受到结核病菌的污染。

她飞奔到表哥的身边。而后不久，她被送进海岸边的肺结核疗养院了。

年轻的医生好像疗养院里只有她一个病人似的看护着她，每天都帮她将摇篮般的布躺椅搬到海角的一端。远方的竹林总是沐浴着阳光，闪烁着光芒。

旭日东升。

"啊，你痊愈了，真的痊愈了。我多么盼望着今天的到来啊。"

说着，医生把她从放在岩石上的躺椅上轻轻地抱起来。

"你的生命重新焕发了，犹如那东升的旭日。海上的船为什么不给你扬起粉红色的风帆？能原谅我吧？我抱着两种心情盼望着今天。作为给你治病的医生和作为另一个我——我多么急切地盼望着今天啊！我不能抛弃一个医生的良心，这是多么痛苦啊。你已经康复了。你康复得可以使自己成为感情的工具——为什么大海不为你染上粉红色呢？"

她满怀感激之情抬头望了望医生，然后又把视线移向海面，等待着。

这时候，她蓦地暗自惊愕于自己毫无贞操的概念。从童年起，她就凝望着自己的死。所以，她不相信时间，不相信时间的连续性。如此看来，也就无所谓贞操了。

"我满怀感情地注视着你的身体，又十分理智地凝望着你身躯的每个部位。对一个医生来说，你的身体就是实验室。"

"啊！"

"这么美的实验室啊……倘使我的天职不是医生，也许我的热情早就把你扼杀了。"

于是，她变得讨厌这个医生了。她开始打扮，仿佛是要拒绝他的目光。

在同一疗养院里的一个年轻的小说家对她说：

"让我们互相庆贺同一天出院吧！"

两人在大门口乘上一辆汽车驶向松林了。

小说家像是要把胳膊悄悄搭在她瘦小的肩膀上。她像一件毫无分量的轻飘的物体快要倒下似的，依在他的怀里。

两人外出旅行了。

"这是人生的粉红色的曙光。你的早晨，我的早晨，人世间竟同时有两个早晨，这是多么不可思议啊。两个早晨快将合而为一。对，很好。我就写一篇《两个早晨》的小说吧。"

她神采飞扬地仰望着小说家。

"请瞧瞧这个。这是住院的时候为你写的小品文。那时就是你死了，我也死了，我们两人也还会在这篇小说里活着吧。不过，如今它已变成了两个早晨——没有性格的性格、透明的美。犹如春天原野上芬芳扑鼻的花粉，在人生中飘忽着你肉眼看不见的芳香般的美。我的小说找到了美的灵魂。我如何写它才好呢？请把你的灵魂放在我的掌心上，让我看看吧。就像一颗水晶珠。我要用语言把它速写下来……"

"啊？！"

"这样美的素材——倘使我不是小说家，恐怕我的热情也就不能使你青春常在，直至永远、永远。"

于是，她变得讨厌这小说家了。她端端正正地坐好，仿佛是要拒绝他的目光。

她独自一人坐在房间里。表哥早已作古了。

"粉红色！粉红色！"

她凝望着逐渐透明的白净的肌肤，想起"粉红色"这个词儿，不觉莞尔一笑。

假如有个男人向自己求爱……我就会点头答应。想着想着，她不禁笑了起来。

月

　　童贞——这个玩意儿实在糟糕，怪麻烦的，是不值得爱惜的包
袱。倘使在昏暗的胡同或桥上行走时，把它扔在垃圾箱或河水里也算
不了什么。可是，一旦出了灯火璀璨的铺石路，不是就很难找到垃圾
站吗？倘使一个女子好奇地张望着，心里想道：那包袱里装着些什么
呢？不是叫人脸红吗？再说，嘿，光凭怀着沉重的心情把它带到这
儿，也就不想把它扔在路边喂狗了，不是吗？但是像最近那样，从得
到许多女子的爱慕这个角度来看，不时更加感到犹如穿着沾雪的高齿
木屐走路，很不自在。要是赤着脚在雪地上四处奔跑，心情一定会轻
松些吧——他寻思着这样的问题。

　　方才，一个女子站立在他的枕边，抽冷子粗野地跪了下来，伏在
他的脸上，嗅着他的馨香。

　　另一个女子倚在二楼廊道的栏杆边上，他推了推她的肩膀，佯装
把她推下去的样子，她情不自禁地把他搂住，可他一松手，她就把身
子后仰在栏杆上，再次佯装要掉下去的姿势，凝视着自己的胸脯，在
等待着他。

　　另一个女子在澡堂里给他搓澡，搓着擦着，抓住他肩膀的那只手
震颤起来。

另一个女子忽然从同他一起坐着的冬日的客厅里飞跑到了庭院，仰躺在亭榭的长椅子上，用两只胳膊紧紧地抱住自己的头。

另一个女子被他耍戏似的从背后抱住的时候，竟一动也不动。

另一个女子在床上佯装睡眠的时候，他握住了她的手，她立即紧闭嘴唇，身子僵硬地仰脸朝天。

另一个女子在深夜他不在房间的时候，带着针线活走进他的房间，像块石头似的坐下一动不动，他折回房间后，她脸上绯红到耳根，用嘶哑的声音说："借点灯光。"话声仿佛奇妙的谎言堵住了咽喉似的。

另一个女子在他面前的时候，总是阴郁地潸潸落泪。

另有更多的年轻女子同他交谈的时候，渐渐动情地谈到了自己的身世，而后缄口不语，纹丝不动地坐着，仿佛丧失了站起来的力气。

每当这种时刻来临，他总是坦然地默默无言，要么就说：

"要不是决心同我一起生活，我是不会接受她的感情的。"

二十五岁上，他邂逅的这样的女子越来越多。结果，围绕着他的童贞的这堵墙被粉刷得越来越厚实了。

但是，却有个女子脱口说出，除了他以外，她看任何人都觉得讨厌。他就这样迷迷糊糊度日了。他想：倘使不养这女子，她恐怕会饿死的。于是，他察觉到不在一起生活，又不接受感情，却非养不可的女子渐渐增多。他笑了。

"这样下去，仅仅这么点财产，自己不用多久就要破产的！"

到那时候，他会不会依然如故地拎着这唯一的包袱——童贞，外出行乞呢？尽管衣衫褴褛，却能跨上只接受不给予、所获感情甚丰的驴子，向着遥远的国家……

遨游这样的幻想境界，他心潮澎湃，他的感情洋溢了。然而，他觉得在这人世上，似乎不可能再找到愿意和自己共同生活的女子了。

抬头仰望，圆月当空。月光皎洁，月沉在苍穹成了孤零零一个人。他将双手伸向月亮。

"啊，月亮啊！我把这份感情奉献给你！"

落日

在二等邮局的院子里，一个近视眼的女子在邮筒上急匆匆地奋笔疾书。

"电车的窗——电车的窗——电车的窗"，她写了又涂，涂了又写，折腾了三次，"现在——现在——现在"。

负责快件的邮局职员用铅笔搔了搔头。

在大餐厅的厨房里，女招待让厨师帮忙将新围裙的带子系上。

"系到背后吗？系到背后不是过去的系法吗？还是从前面把乳房系上好嘛。"

"岂有此理！"

就说诗人吧，也要买白糖。白糖铺的小伙计把一只大勺插入白糖堆里。

"不。不回去烤糯米糕了。兜里揣着白糖在大街上走，也许会浮现白色的幻想吧。"

于是，诗人向擦肩而过的人群嘟哝地念叨道：

"嘿，诸位！走向过去呀！我在走向未来。那么，有人和我走相同的方向吗？还是走向未来？啊，真想不到。"

邮局少年的自行车，围绕着近视眼的女子转了一圈。

“得了，得了！”

“哟，我近视啊。我连白糖铺雪白的白糖都看不见，怎么可以断定他和那女人就坐在电车的窗边呢！他还是会把现在的我……喂，送快件的邮差。”

诗人和女招待在餐厅里微笑了。

“是新围裙啊。让我瞅瞅后背，瞅瞅背上新落下来的白蝴蝶。”

“讨厌，别看我的过去嘛！”

“好吧。倘使我走向未来，就会来到你的身边。”

这时候，从东边爬上来，又一直悬挂在这条街西边尽头处的一家当铺仓库屋顶上的太阳，悄悄地迅速西沉了。

啊——这一瞬间，行走在这条街上的人们都轻轻吐了口气，放慢了两三步。可是，谁也没有意识到。

在这条大街东头玩耍的孩子们，面向西方，各自屈起双腿，纵身跃起，企图用眼睛去捕捉西沉的落日。

“看见啦！”

“看见啦！”

“看见啦！”

简直在撒谎。压根儿就没看见，却……

遗容事件

"请看吧，变成这副模样了。她多么想见你最后一眼啊！"岳母急匆匆地把他领到这房间里来，然后说道。

围在死者枕边的人们顿时张望着他。

"同她见个面吧！"

岳母又说了一遍，正要掀开覆盖在他妻子遗容上的白布时，他冷不防地脱口说出了一句连自己也意想不到的话：

"请等一等，能不能让我单独见？让我单独在这间房子里？"

这句话引起了岳母和内弟们的某种感动。他们悄悄地把隔扇拉上，离开了。

他掀开了白布。

妻子的遗容带着痛苦的神情，有点僵硬了。骤然消瘦的双颊间，裸露出变色的牙齿。眼睑干瘪瘪地贴附在眼珠子上。显露的神经，把痛苦冻结在她的额头上。

他纹丝不动地跪坐在地上，久久地凝视着这副丑陋的遗容。

后来，他颤悠悠地把双手放在妻子的嘴唇上，想让她的嘴唇合上。可他一离手，勉强合上的嘴唇又缓缓地张开。他再让它合上，又再张开。如此反复多次之后，他发现只有嘴周围的僵硬线条变得柔和了。

于是，他觉得热情仿佛凝聚在自己的手指尖上。他想让遗容可怕的神经柔和下来，便使劲地搓揉起她的额头。手掌也搓热了。

他又纹丝不动地跪坐在地上，俯视着经过一番搓揉而焕然一新的遗容。

"坐火车够累的，用过午餐再歇歇吧。"

话音未落，岳母和小姨子已经走了进来。

"啊！"

岳母蓦地扑簌簌地掉下了眼泪。

"人的灵魂太可怕了。你旅行归来之前，这孩子不愿意断气啊。真是不可思议。你一照面，她的遗容竟变得这样安详……这就好了。这孩子也心满意足了。"

小姨子以这人世间所没有的美丽而清澄的目光，回顾了他那近似疯狂的眼神，然后"哇"的一声哭倒了。

屋顶下的贞操

——下午四点，在公园的山岗上等你。

——下午四点，在公园的山岗上等你。

——下午四点，在公园的山岗上等你。

她给三个男人邮寄了同样的快信。一封给拿手杖走路的男人，一封给戴眼镜的男人，另一封给不拿手杖也不戴眼镜的男人。

三月的一个下午，三点的山岗上，她恍如葫芦花般静静地绽开了。她的周围，今早初次让幼嫩的肌肤接触到空气的嫩芽，在林子的树梢上悲伤地等待着有生以来第一次黄昏的到来。

抱着手杖的男人爬上山岗来了。这是手杖的功劳。肯定是手杖嗅到了，嗅到她每天都给几个男人邮寄快信，而且嗅到最早来的男人就是当天同她过夜的人。

她仿佛如今才忽然降生到这个世界上来，美滋滋地微笑了。她想用未经世故的脚后跟从山岗上跑下去，却忽然严肃地闭上眼睛，在脸上画起十字来。

"上帝啊！今宵我接近这个人，感谢主赐给稚嫩的我一夜安详的睡眠。倘使我还能活到明天，那么明天我又会接近您的一个儿子，不论跟谁，都祈盼您赐给我一夜的安眠。"

然后，她可爱地依偎在男人的怀里。于是，都市的家家户户从山岗下冷漠地仰望着她。她感到耀眼似的眺望着它们，说：

　　"屋顶！屋顶！屋顶啊！数不尽的屋顶向苍穹抬起小小的脑袋！保护女人贞操的神啊！你们一位位大发慈悲，保护着一个个女人的贞操。而我每天晚上都在一个个不同的屋顶下，面对这一夜的屋顶，这一夜是合乎贞操的睡眠啊。啊！今晚我的屋顶是哪一个？即便如此，不生我的气的，只有当夜的屋顶……"

　　最后，他们都在市街中消失了。

人的脚步声

医院的泡桐花盛开时，他出院了。

通向咖啡店二楼阳台的门扉已经敞开。侍者的服装崭新洁白。

大理石痛痛快快地冰凉了他放在阳台桌上的手。他用右手托腮，将右胳膊肘支在扶手上。他的眼睛一味俯视着一个个行人，仿佛要把他们吸上来似的。人们在生机蓬勃的灯光下起劲地在人行道上行走。二楼阳台低矮，把手杖伸出去就几乎要敲到过往行人的脑袋。

"连对季节的感觉，城市和乡下都是相反的。你不觉得吗？乡下人绝不会从灯光的色调来感受初夏的到来。在乡下，大自然和花草树木要比人更多地穿上各个季节的时装，而在城市，人却比大自然更多地展现各个不同季节的时装。许多人就这样在街上行走，制造出初夏的气氛来。你不觉得这条街道就是人的初夏吗？"

"人的初夏？倒也是。"

他一边回答妻子，一边想起医院窗前盛开的泡桐花的芳香来。那时分，他一闭上眼睛，头脑就一定沉溺在种种脚姿的梦幻的大海里。他的脑髓细胞也一定整个变成脚形的虫子，爬遍他的世界。

这是女人的双脚，是跨过物体时又腼腆又微笑的双脚。是临终时微微抽动，旋即僵直的双脚。是耷拉在马腹上的枯瘦的双脚。是像轻轻扔掉的鲸脂般肥胖笨拙，又像用可怕的力量使之紧张的双脚。是膝行而乞至深夜，又忽然站立起来的双脚。是从母亲股间刚产下的婴儿齐齐全全的双脚。是靠月薪度日，下班回家而疲于生活的双脚。是蹚过浅滩时把清澈流水的感觉从踝骨吸到腹部的双脚。是迈着犹如细腿裤的褶缝般呈现锐角式的脚步去寻觅爱情的双脚。是昨日以前脚尖还互相朝外，而今天竟温存地照面的、不可思议的少女的双脚。是带着口袋里有沉重分量的钱阔步而行的双脚。是脸上微笑而内心嘲笑的世故女人的双脚。是从街上回来脱下布袜子凉快的冒汗的双脚。是代替舞女的良心在舞台上叹息昨晚的罪恶的美丽的双脚。是在咖啡店里让脚后跟唱出抛弃女人的歌的男人的双脚。是运动家、诗人、高利贷者、贵夫人、女游泳运动员、小学生的双脚。是悲伤沉重、喜悦轻盈的双脚。双脚、双脚、双脚——更重要的，是他妻子的双脚。

去冬至今春，他患膝关节病，右脚终于被截断了。由于这只脚的缘故，他在医院的病床上被种种脚的幻影折磨，一个劲地眷恋着这家咖啡店的阳台。因为这阳台宛如一副为了让他眺望繁华街道而配制的眼镜。他首先贪婪地眺望人们健康的双脚交替踩在地上的姿影，陶醉在那脚步声中。

"失去了脚才懂得初夏真正的美好啊。我希望在初夏之前出院，到那家咖啡店去。"他望着素白的玉兰花,对妻子说,"仔细想想,全年中人的脚最美的时刻是在初夏啊。人最健康最爽朗地行走在都市的时刻也是在初夏啊。玉兰花凋谢前,我一定要出院。"

所以他从阳台上专心眺望,仿佛大街上过往的行人都是自己的情人。

"连微风不也是清新的吗?"

"到底是季节变迁的时分啊。贴身衬衫不消说,就连昨日刚做的头发今天也像沾上了尘土,你不觉得吗?"

"那倒不觉得。重要的是脚,是初夏的人的脚啊!"

"那么,我也到下面走走,让你看看好吗?"

"这就爽约啰。在医院,我快要截肢的时候,你不是说让我们成为三足一体的人吗?"

"最好的季节初夏让你满足了吗?"

"安静些好吗!我听不见街上行人的脚步声啦。"

他严肃地倾听,试图从夜晚都市的噪声中拾起人的宝贵的脚步声。不久,他合上了眼睛。于是,街上行人的脚步声,像落在湖面上的雨声,倾注在他的灵魂深处。那疲劳的脸颊泛起微妙的喜悦,明朗起来了。

但是,这喜悦的神色渐渐消失了。随着脸色转为苍白,他病态的眼睛也睁开了。

"你不知道吗？人都是瘸子。在这儿听见的脚步声，没有一次是双脚健全的声音。"

"哟，是吗？也许是吧。就说人的心脏吧，也只是一边有嘛。"

"而且，脚步声之所以紊乱，我并不认为都是因为人脚的关系。悉心细听，是一种运载灵魂的病痛的声音，是肉体在向大地悲伤地约定举行魂葬的日子的声音。"

"这倒也是。恐怕不仅限于脚步声，什么事物都是一样的，因想法而异嘛。不过，这是因为你一向神经质。"

"可是，你听听！都市的脚步声是病态的。大家不是都像我一样是瘸子吗？自己失去一只脚，本想体味一下健全的双脚的感受，没想到竟发现了人的一种病症，更没想到种下了新的忧郁。必须找个地方把这种忧郁拂掉。喂，不妨到农村走走。也许那里人的灵魂和肉体比都市更健康，更能听到健全的双脚的脚步声呢。"

"反正不可能。不如去动物园听听四腿走兽的脚步声更好。"

"去动物园？也许吧。也许走兽的四腿和飞鸟的双翅更健全，它们的声音更美妙完整吧。"

"都说些什么呀？我只不过开开玩笑罢了。"

"人学会用双脚站立走路的时候，人的灵魂的病痛就开始了，也许听不见健全双脚的脚步声是很自然的。"

不久，装上假腿的他，挂着一副像失去灵魂的一只脚的面孔，在妻子的搀扶下乘上了汽车。车轮声像拖着瘸腿，依然向他倾诉了它灵魂的病痛。一路上，灯光播撒了新季节的花。

海

成群结队迁居的朝鲜人，行走在七月间白花花的山路上。走到望见海的时候，大家已经劳顿不堪了。

他们修筑了盘山的公路。约莫七十个筑路工人，经过三年的劳动，把一条新路一直拓延到山峰。山巅的对面是属于不同的承包商，他们没能获得工作。

拂晓时分，妇女们从山村出发。一走到看见海的地方，一个十六七岁的姑娘脸色苍白得像一张白纸，她已累得筋疲力尽了。

"肚子痛，走不动了。"

"净给人家找麻烦。稍歇一会儿，随后跟男工一起赶上来吧。"

"大伙儿随后会来吗？"

"会来的，会像长河川流而来的。"

说说笑笑的妇女背着行李和包袱，向大海的方向走下山了。

姑娘卸下包袱，蹲在草地上。约莫十个筑路工打姑娘的面前走过。

"喂，怎么啦？"

"后边还会有人来吗？"

"会有人来的。"

"我肚子痛，随后就走。"

一看见夏天的海，姑娘觉得一阵头晕目眩。夏蝉的唧啾直渗体内。筑路工按说好的时间各自三五成群地离开了山村，他们打姑娘面前走过的时候，都打了声招呼。姑娘回答了同样的话。

"喂，怎么啦？"

"后边还会有人来吧？"

"会有人来的。"

一个年轻的筑路工独自背着一个大柳条包，从杉林里走了出来。

"哟，为什么哭了？"

"后边还会有人来吗？"

"不会有人来了。我有意留在最后，同那女子惜别之后才来的。"

"真的不会再有人来了吗？"

"不会再有人来了。"

"真的吗？"

"喂，别哭呀。你怎么啦？"

筑路工在姑娘身边坐了下来。

"肚子痛，走不动了。"

"是吗？我抱着你走。我们做夫妻吧。"

"不！……父亲说过，不要在他被杀的国土上结婚，不要嫁给到日本来的家伙。要嫁人，回朝鲜去嫁。"

"嗯，所以你父亲才那样惨死。瞧瞧你的衣衫。"

"这个吗？"姑娘低头瞧了瞧自己身上穿着的秋草花纹单和服，"是人家送的。我多么想得到火车票钱和朝鲜服啊！"

"那包袱里装的什么？"

"锅和碗。"

"我们做夫妻吧。"

"不会再有人来了吗？"

"我是最后一个了。嘿，就是再等上三年，也不会再有朝鲜人打这条路经过啦。"

"真的没有人来了吗？"

"不如和我做夫妻吧。你不是走不了吗？我可要走啦。"

"真的谁也不会来了吗？"

"是啊。就听我的吧。"

"啊！"

"好吧。"

筑路工搂抱着姑娘的肩膀站了起来。两人背起老大的行囊。

"真的谁也不会来了吗？"

"真啰唆！"

"把我带走吧，别让我看见海。"

二十年

这曾是个野蛮而淫乱的村庄。其中一个小村落是水平社的部落。

部落的少女们在小学里引诱了一些少年。她们的魅姿让学校里的少年早熟了。这些女生中有个名叫澄子的,她把他们的空想诱惑到了禁果树下。

从学校回家路上,一个少年说:

"咱们说说自己喜欢哪个女孩吧。我喜欢澄子。"

"我也喜欢澄子。"

"没错,就是澄子。"

"我将来当船夫。当船夫就不用待在村子里,不用住在陆地上,就算有个水平社的女人,谁也管不着啰。"

一直听着大家说话的他怒吼道:

"是哪个家伙,居然说出这种话!"

大伙儿鸦雀无声了。

"是这个家伙吧。"

他冷不防地将一个少年的帽子夺过来,扔在稻田里。

"太过分了。"

这少年低声下气地说了一句,就蹲下身子去捡帽子。他从后面踢了少年一脚。少年落在稻田里。他一溜烟似的跑了。

午休时间，高级小学的学生疾风似的飞跑过来，"咚"的一声撞上了澄子。澄子当即摔倒在地上，痛哭不止，久久站不起身来。先生把她抱了起来。她忽然更尖声哭闹了。她已筋疲力尽，先生一把手松开，她就落在地上。少年们聚拢过来，围着少女。少女越来越像个十足的女人，哭得肩膀颤动，脸儿也抽搐了。他被这副姿容强烈地刺激了。翌日，他悄悄地走到那个高级小学学生身边，叱骂了一声"浑蛋"，接着狠狠地搡了一下那个学生。

在那个学生的驱赶之下，他像子弹般呼啸着跑到澄子正在游戏的地方，任凭那股子冲劲，把澄子撞倒在地。

澄子小学毕业比他晚一年，上了中学的他，特地从镇上的照相馆买了一张澄子的毕业纪念照片。

村里的中学生组织了一个俱乐部，他们每个星期天都在小学聚会。教员没有资格责备他们，因为他们多数是村里有权势的人的孩子。他们在小运动场上比赛棒球，把瓦葺房顶和玻璃窗都打破了。他们一会儿用粉笔在风琴键盘上记上"123"的符号，边弹边唱，一会儿又把教员办公室里的书柜乱翻一通，并且在手工室里练起柔道来。他们还支使勤杂工去买点心，又从一个教室走到另一个教室，把所有黑板都画得乱七八糟。

他们走到了高小教室。四个中学生盯住一张桌子，向他使了一个眼色。那是澄子的桌子。他们从桌子抽屉里把少女留下的纸夹子拉了出来，把夹子里的图画、习字和答卷塞进了各自的怀里。

"喂，给我让开！"他对坐在对面的少年说。没等少年站起身来，他就迅速地把绑在澄子椅子上的漂亮毛织坐垫解了下来。

"哇！"

"光是坐垫，算了。"

"这家伙太过分了。"

他威严地站立在怀有敌意的少年们面前。

"你们要是羡慕，明儿到我家里来，我让你们坐坐。"

一个与澄子同村的名叫梅村的少年与他一起上了中学。他爱上了梅村。旅行的时候，他们相互拥抱而睡。每到冬天，梅村的手指和脚趾都长冻疮，皮肤溃烂。他从这种体质中感受到了色情的味道。

从学校回家的路上，梅村说：

"你在爱恋澄子吧？"

"……"

"我会把澄子给你的。只有你才能给澄子带来幸福。你打算到东京去吗？如果把澄子带到一个遥远的地方就好了。"

"别说这种大人的话了。"

"今天我带你去一个好地方。"

来到了梅村的村落守护神所在的森林，只见四个高小女生把书包挂在石狮子的脖颈上在跳绳。梅村神采飞扬，一边吹着口哨，一边走近少女身边。

"阿澄，我把他带来了！"

澄子似乎是好强，并没有抬头，向上翻了翻眼珠，脸上飞起了一片红潮。而后，他们躲藏在山里了。

冬季每逢星期天，他一早就瞒过双亲的眼睛，带着白眼鸟的鸟笼和粘鸟胶到山里去。澄子她们挑着一个几乎从肩膀到膝盖那么大的竹笼子来捡枯松叶。

梅村在山岗上说："准备好了吗？滚下去啦。"

梅村的话音刚落，他就在山脚下应了一声："准备好了。"

澄子钻进了竹笼子里，用手脚支撑着。

"一、二、三！"

竹笼子从半山腰上翻落下去。少女的衣服下摆在竹笼子里开了花。他张开双臂，扑在竹笼子上。就这样连笼带人滑落到三四米远的地方。面红耳赤的澄子大腿上缠绕着和服，跟跟跄跄地从竹笼子里钻出来。她被他抱了起来，一边整理乱发一边说：

"自由。"

"自由。"

山岗上和山岗下彼此高声呼应，而后又分别消失在自由的枯草中。

这件事传遍了他的村庄。父亲坐在村里人聚会的末座上，低下了头。

"这次俺儿行为不检点，给乡村父老脸上抹黑，实在丢脸。按过去的做法，罪有应得，该斩首，该断绝父子关系。不过，现在我决定把他送去中学寄宿，至少免得大伙儿看着不顺眼。请大伙儿照顾照顾，给个情面，拜托了。"

和父亲一起叩头认错的时候，上中学二年级的他在内心呼喊道：

"人道的贼！恶魔！不是人！习俗是幽灵！等着瞧，我死也要娶澄子做妻子！"

此后过了二十年。他出席了栗岛子爵的游园会。

这期间，他大学毕业，赴驻罗马大使馆任职六七年，现在回到了外务省。他一直读官报，也知道梅村的消息。梅村从海军大学毕业后当了新战舰乘务员，现在在军令部有个好位置。但是，听说他是部落民出身，无论是多么优秀的军人，也只能晋升到一定官阶就不能再晋升了。他为此感到愤慨，也曾想过，在梅村提到某个官阶前，也许这种陋习就会去除的吧。

两人阔别十四五年，在栗岛子爵家的牡丹园重逢了。

"啊！"

梅村大喊了一声，拍了拍他的肩膀。他感到被体格魁梧的海军军官所压迫似的，无法回拍一下梅村的肩膀。

在一旁的贵妇不甘示弱似的，向上翻翻眼珠看了看他们。梅村看到他那副惊讶的神色，说道："对，对，我曾经想过，如果见到你，就把那事告诉你。我是说澄子的事呀。她在少女时代干那种事，涉及五六个男子呢。那时候那种事在咱们村很流行啊。"

"……"

"童年的事，真有意思啊！"澄子若无其事地笑了笑。

"哦，失礼了。我当空军军官的朋友来了。我过一会儿再来。"

梅村他们阔步向能乐堂走去。

他一人剩下来，满脸通红，红得比周围的牡丹花还厉害。

阿信地藏菩萨

山中温泉旅馆的后院里栽着一株大栗树。阿信地藏菩萨坐落在栗树的树荫下。

据名胜导游书记载,阿信卒于明治五年,享年六十三。她二十四岁丧夫,守寡了半辈子。就是说,她无一遗漏地亲近村里称得上是年轻人的年轻人。青年们相互间确立了某种秩序,互相体贴阿信。少年到了一定年龄,村里的年轻人就把他们吸收过来,加入阿信共有者那一伙中;年轻人有了妻室,就得从这一伙中退出来。多亏阿信,山里的年轻人才不用翻山越岭走七里地去找港口的女人。山里的少女是纯洁的,山里的妻子是贞洁的。就像山沟里的所有男人都得渡过跨越溪涧的吊桥才能走进自己的村庄一样,这村庄的所有男人无一不踏过阿信而长大成人。

他觉得这个传说很美,也开始憧憬阿信了。但是,阿信地藏菩萨没有显出当年阿信的面影。它只是一尊平庸无奇的秃头石像。说不定是谁从墓地里捡来的一尊倒塌的旧地藏菩萨像呢。

栗树对面是个妓馆。从那儿到温泉旅馆之间悄悄过往的浴客,经过栗树树荫的时候,总要哧溜摸一下阿信的秃头。

夏日的一天,三四个客人一起来要了些冰水。一个客人刚喝了一口，就"呸"的一声吐了出来，皱了皱眉头。

"不能喝吗？"旅馆女佣说。

他指了指栗树对面，说："是从那家拿来的吧？"

"是啊。"

"是那儿的女人给舀的吧？多脏啊！"

"瞧您说的，是那家的老板娘给舀的。我去取时，亲眼看见的嘛。"

"可是，杯和勺都是那儿的女人洗刷的啊。"

他扔也似的放下了杯子，吐了一口唾沫。

参观瀑布的归途中，他叫住了一辆公共马车。一登上车，他愣住了。车上坐着一位格外标致的姑娘。越看这姑娘就越想女人了。这姑娘一定是打三岁起就受到这花街巷的情欲的熏陶，圆乎乎的全身充满了活力，连脚掌也不长厚皮。扁平的脸上镶嵌着一双晶莹的黑眼珠，显示出一种不知疲倦的新鲜的魅力。她肌肤润泽，只看她的脸色仿佛就能知道她脚的颜色，不由得使人产生一种欲以赤脚踩踏的兴趣来。她是一张没有良心的柔软的床，这女人生来大概是为了让男人忘却世俗的良心的吧。

他被姑娘的膝头温暖了。他把视线移开，望了望浮现在山沟远处的富士山，然后又望了望姑娘。望望富士山，又望望姑娘。于是，他又感受到了许久没有过的女色之美。

在乡下老太婆的陪同下，姑娘也下了马车。她们过了吊桥，下到山沟，走进了栗树对面的妓馆里。他吓了一跳。但是，他觉得这姑娘的命运是美好的，便得到满足了。

大概只有这女人才能做到不论与多少男人相会也不疲倦、不衰颓吧。大概只有这生来就卖笑的女人，才能不像世上的许多卖笑妇那样眼色与肤色衰颓，脖颈、胸脯与腰身变形吧。

他发现了圣人，高兴得眼里噙满了泪珠。他觉得自己看到了阿信的面影。

等不到开始狩猎的秋天到来，他就再度来到了这山里。

旅馆的人到后院去了。厨房的男人将短木棒扔到栗树梢上。着了色的栗子果掉落下来了。妇女们捡起来，把皮剥掉。

"好，我也来试试打一发。"

他从枪套里取出猎枪，瞄准了树梢。没等山谷的回声传来，栗子果就先掉落下来了。妇女们扬声高呼。温泉旅馆的猎犬听见枪声，也跳了出来。

他抽冷子望了望栗树的对面。那姑娘正走过来。她肌肤细嫩柔美，肤色有点苍白。他回头看了看身边的女佣。

"她生病一直卧床呢。"

对于女色，他感到了惨痛的幻灭。他对什么东西都气愤，连续扣动了几下扳机。枪声划破了山涧的秋空，栗子果像雨点般落下来了。

猎犬向猎物跑去，它诙谐地吠了一声，耷拉着脑袋，伸长了前腿，轻轻踢了踢栗子果，又诙谐地吠了一声。苍白的姑娘说：

"哟，就算是狗，栗子果也会把它刺痛的啊！"

妇女们哗然大笑。他感到秋空太高了，又打了一发。

褐色的一滴秋雨，栗子果落在阿信地藏菩萨的秃头正中央，果仁四散。妇女们笑得前仰后合，忽然高声呐喊起来了。

滑岩

我领着妻子和孩子来到山间温泉。这里的温泉，以有助妇女怀孕而闻名遐迩。泉水非常温热，对妇女很有好处，这是无疑的。不过，这里也装饰着一些诸如"松树和岩石会赐你孩子"之类的迷信招贴。

他让长着一副酒糟腌瓜般的脸的理发匠一边刮脸，一边讲松树的故事（为了顾及妇女的名誉，只好不把这个故事写出来）。

"年轻的时候，我们常常去看。天还没亮就得爬起床，那时辰，妇女就来拥抱松树啦。女人想要孩子，会想得发疯呢。"

"现在也能看到这种情况吗？"

"嘿，十年前就给砍掉了。光是这棵巨松的木材就够盖两间房子啊。"

"嗯……这是谁砍的？砍树的家伙也真了不起。"

"嘿，是县政府下的令，说它有伤风化。"

晚饭前，他和妻子泡在大浴池里。之所以称作大浴池，是因为这是男女共同使用的浴池。据说对妇女很有效用，于是就变成了温泉浴场的宝地。浴客的习惯是，先在旅馆室内浴池把身体冲洗干净，而后从石阶走下大浴池。大浴池三面围上木板，呈浴槽的形状，池底是天然的岩石。没有围上木板的一面，耸立着一块大象般的岩石。浴槽的形状也歪斜了。光泽黑亮的岩石被温泉水濡湿，变得非常光滑。据说，妇女从这块岩石滑落在温泉里就能怀孕，所以它又被称作滑岩。

每次看见这块岩石，他都感到，这庞然怪物在嘲弄人类啊！认为非生孩子不可的人，认为只要从这岩石滑过就能怀孕的人，都被这张滑溜溜的大脸所嘲笑。

在温泉里，面对这张黑墙般的脸，他不禁露出了一丝苦笑。

"岩石啊，你能把我这老八板儿的老伴的脑袋割下，扔进浴池里，我也会感到新鲜和惊奇！"

的确，在只有他们夫妻和孩子的浴池里，他才感到妻子有点稀奇，不由得想起平素总把妻子抛诸脑后的自己来。

梳着遮耳发型的女人赤裸着身子，从石阶上走了下来。她取下西班牙发卡，放在搁板上，说：

"哟，这姑娘真可爱啊！"

说罢，她把身子沉入温泉里。裸着身子亭亭玉立的时候，她的新发就好像被掐断了花瓣而只剩下花蕊的芍药。

除了夫妇俩以外，一有外人混杂沐浴，他就觉得很不自然，何况是一个年轻的女子和妻子同在一个浴池里。他不由自主地进行了比较，完全陷进了自我厌恶的情绪之中，产生了一种空虚感。

"我也该把松树砍倒盖房子啰。'这是我的妻子，这是我的孩子'，这句话里，难道不正包含着一切迷信吗？喂，岩石啊！"

但是，妻子在温泉里泡得脸色绯红，她正在闭目养神。

温泉上漂荡着黄色的水波，一股白色的水蒸气缭绕上升。

"瞧，小宝贝，电灯亮了。有几盏呢？"

"两盏。"

"是两盏。天花板上一盏，池底一盏——小宝贝，电灯光真了不起，很快就钻到池底，真了不起啊！"

梳着遮耳发型的女子直勾勾地盯住小孩子的脸。

"小姑娘真聪明啊。"

他让妻子和孩子先睡，自己一连写了十封信。

他在室内浴池的更衣处，忽然呆立不动了。

一只白色的蛙，趴在滑岩上。匍匐在岩石上的她把手松开，抬起脚跟，滑溜溜地滑落了。黄澄澄的温泉水哈哈地大笑。她爬上岩石，累得趴了下来。是那个女人。她用手巾把遮耳发型的脑袋包得严严实实的，就是傍晚时分前来的那个女人。

秋天夜深人静，他抓住浴衣的带子，登上了石阶。

"今夜那女人会来杀死我的孩子的。"

妻子搂住孩子，头发披散在枕头上入睡了。

"岩石啊，连那个相信你无聊迷信的女子的举止，也可以使我如此恐惧。这样看来，我说'这是我的妻子，这是我的孩子'的这种迷信，也许在不觉之间让成百上千的人战栗着，不是吗？岩石啊！"

于是，他对妻子又产生了新的爱。他拽着她的手，"喂"的一声把她叫醒了。

球台

他带着友人登上了山岗。入秋以来，建在一处处树丛中的出租别墅完全被遮掩了。

山岗的中央兀立着一幢浅蓝色的洋房。打开门，就看见一张台球台平平稳稳地安置在白布的下面。

"看见套上洁白的台罩露出的绿色橡皮边，我的心情简直是无以言表。心灵清澄得无息无声。因为四周是了无人影的山谷。这里有东京台球馆所没有的灵感。"

他打开细长的台球盒盖，把盒子反倒过来，四只红白的台球咯噔噔地落在绿色的台面上。

"喂，你瞧！这落下的四只台球有条不紊地排成一条直线，静静地滚动下去。这种匀称的美，不是蕴含着台球的奥秘吗？"

"我想早点看到这种奥秘和山中天狗赏赐的本领。"友人说着，握住球杆对准红白台球，开始做力学式的激烈运动。

他把三面的玻璃窗嘎啦嘎啦地推了上去。在山上的红叶映衬下，让人感到台球室变得宽敞了。然后，他站在长椅子上给挂钟上了发条。

"喂、喂！连挂钟也让它走动吗？"

"当然啰。我租用要看时间。再说，这是我的生活规律。待在这温泉半年，我一天不落地到这台球室来，先打开罩子，然后从台球盒里把台球倒出来，开窗，给挂钟上发条，这是我每天的行动秩序。如今倘使不坚持这个规律，似乎就无法进入专心于台球的境界。不过，挂钟上一次发条，可以走动一周。"

"不能快点吗？一到紧要关头就磨磨蹭蹭，那是怯懦的表现。我接到你寄来的二十三封信，说你的台球技艺大有长进，我才从老远赶来的。"

"我并不是一到紧要关头就要做怯懦的辩解。也许会辜负你的期待，出乎意料地击不中呢。说来也奇怪，在这张球台上比赛，我的球运总是不佳。相反，也是在这张球台上，一个人练习时就百发百中。简直不可思议。所以以每逢温泉浴场旺季的八月，我最惨了。初来此地，我的实力分大概是五十吧。到了八月，练习了三个月。独自练习时，我决定击百分，平均只击七杆就可以拿到。当然，最高分是七八十。高线平均分是三四十。突破五十，一点也不稀奇。就说整个平均分也接近二十吧。不管怎样，独自击球时，球的处理是粗杂而轻率的，让台球从右拐向左也是够麻烦的。就是这样，也可以达到这个程度。所以，以五十分为一局决胜负，是不会输的。可是在这张球台上比赛，我从来就没有赢过，简直太奇怪了。我这个人有个脾气，绝不会因为有人观战就胆怯或来劲。根据是，我和住在一个温泉旅馆的房客前往镇上打台球的时候，我也是击得非常漂亮。据说镇上的人都将分数隐瞒了。一气之下，我打了七十，还是连连取胜。大概是乡下拿分稍宽些的缘故吧。但一起远征的房客为我的战斗精神之旺盛惊讶不已。然而，一旦回到这张球台来，我就一定输球，球运怎么也不冲我来。也并非净同一些令人讨厌的对手比赛。初秋到出租别墅来玩一周的少奶奶们本应是我很轻松的对手，可我也没有取胜。到了深秋，温泉浴场渐渐静寂了，独自一人，我就感到四只台球好像自己的神经似的。有了对手，也许还是不行。最后说不定不能在这张球台上赛球了。因为六个月当中，有四个月我是独自一人击球。考虑到这层，你会感到球台不也是具有灵魂的不可思议的生灵吗？由此联想到，如果我抱着独自一人击球的心情去比赛，也许就会取胜呢。所以，我也就总是坚持一人来时的规律，让挂钟走动。"

"这是因为你……"友人笑了，"你爱上这张台球台啦！"

"当然是爱上啰。"

"意义不同，你是想占有这张台球台哟。"

玻璃

快满十五岁的从小已订婚的蓉子，双颊失去了血色，回来了。

"我头痛。看见整个凄惨的场面了！"

据蓉子说，她在制造酒瓶的玻璃厂里，看见一个童工被严重烫伤，口吐鲜血，昏厥过去了。

他也知道那家玻璃厂。因为要干灼热的活计，一年到头窗户都是敞开着。不时有两三个过路人伫立在窗边。马路对面是条贮满了污水似的臭河，河面油污发亮，是一潭死水。

在阳光照射不到的阴湿的厂房里，职工手持长棒在挥舞火球。他们的衬衫像他们的脸庞一样在淌汗，他们的脸庞像他们的衬衫一样肮脏。用棒尖将火球拉长，变成瓶子的形状，浸入水中。良久又把它拿起，嘎巴一声把它折断。而后，活像驼背的饿鬼般的小孩儿，便用火筷把它夹起，出溜出溜地跑着送到最后加工的炉前……在这飞舞的火球和玻璃声的刺激下，伫立在窗边观察工厂的人，不需十分钟，脑子里就像玻璃碎片似的零乱，变得麻木了。

蓉子在窥视的时候，看见运送玻璃瓶的小孩儿口吐黏糊糊的鲜血，双手捂着嘴，趴了下来。四处飞溅的火星打在他的肩膀上，实在难以忍受。小孩儿的下巴颏血迹斑斑，他一边张开嘴，像炸裂似的叫喊着，一边蹦跳起来，不由自主地打了个转就倒下了。

"危险！浑蛋！"

人们给他浇了一身已变得温热的水。童工昏厥过去了。

"他一定没钱住院。我想给他送点慰问金，可是……"

"你就送好啰。不过，可怜的工人也不止他一个啊！"

"哥哥，谢谢。啊，我太高兴了。"

约莫过了二十天，那童工登门致谢来了，说是要见小姐，蓉子便来到了门厅。站在庭院里的少年立即跪坐下来，抓住门槛，叩头施礼。

"啊，已经全好了吗？"

"啊？！"少年苍白的脸上露出了惊愕的神色。

蓉子哭丧着脸说："烫伤的伤口都好了吗？"

"嗯。"说罢，少年准备解开衬衫的扣子。

"不，不要……"

蓉子疾步跑了过来，问她的未婚夫："啊，哥哥，我……"

"把这个给他拿去吧。"

他把钱递给了未婚妻。

"我再也不愿意去了，叫用人去吧。"

此后，十年过去了。

在一本文艺杂志上，他读到一篇题为《玻璃》的小说。

这篇小说描写了他所在的城镇的景物。有油污发亮的死河，有火球飞溅的地狱，有咯血、烧伤、资产阶级小姐的恩惠⋯⋯

"喂，蓉子，蓉子！"

"什么事？"

"你还记得吗？有一回你看到玻璃厂的一个童工昏厥过去，你还送钱给他。那时候你是念女校一二年级啊。"

"对，有这件事。"

"那孩子现在成小说家了，还写了这件事呢。"

"在哪儿？让我拜读拜读。"

蓉子从他的手里把杂志夺了过来。

但是，站在背后注视着妻子阅读《玻璃》的时候，他开始后悔不该让妻子读这篇小说了。

小说写道，后来少年进了一家制造花瓶的工厂。在这家厂子里，他在花瓶的色泽和式样设计上显示出了卓越的才能，现在条件变好，他无须像从前那样残酷地驱使病弱的身躯了。而且，他还根据自己的设计，创作出一只最美的花瓶赠送给那位少女。

不，自己（小说写了这层意思）四五年来，不断以一个资产阶级少女为对象，创作花瓶。促使自己的阶级觉醒的，究竟是悲惨的劳动生活的经历呢，还是对一个资产阶级少女的恋情？当时自己吐血，一直吐到死是最正确的啊。令人诅咒的敌人的恩惠啊！屈辱啊！昔日被攻陷城堡的武士的幼儿，由于敌人的哀怜而得救了，可是摆在这孩子面前的，就只有等待着充当杀父的这男人的小妾的命运。那少女的第一次恩惠，救了自己的命；第二次恩惠，给自己提供了谋求新职的机会。然而，这新职业究竟为哪个阶级创作花瓶呢？自己分明成了敌人的小妾了。自己懂得为什么会博得那少女的同情，懂得为什么会获得那少女的恩惠。但是，人不能像狮子那样用四条腿走路。同样地，自己不能洗净少年时代的梦。例如，自己空想着烧毁敌人的宅邸，于是听见了明亮的少女房间里的美丽花瓶被火烧成丑态的叹息，想象着少女的美将要消逝。即使自己站在阶级战线上，归根结底也只是一面玻璃板、一个玻璃球。然而，现在我们的同志中，有哪怕一个背上没有背负玻璃的人吗？首先就让敌人打碎我们背上的玻璃好了。倘使自己连同玻璃一起消失，也是无可奈何啊。倘使没有消失，反而变得一身轻松，那么自己就会欣然地继续战斗吧……

蓉子读完了《玻璃》这篇小说，露出了追忆遥远过去的神色。

"不知那只花瓶放在哪儿了？"

他从未见过妻子如此温顺的表情。

"不过，那时候我还只是个孩子啊。"

他把脸沉了下来。

"那是啊。即使同别的阶级做斗争，即使站在别的阶级的立场上，同自己的阶级做斗争，作为个人的自己也首先要做好毁灭的思想准备，否则是不行的。"

他觉得不可思议。过去他从未曾在妻子身上感受到如小说中所描绘的少女的那种可爱和新鲜。

那个像驼背的脸色苍白的饿鬼般的病人，为什么有这样的力量呢？

谢谢

今年是柿子的丰收年，山里的秋色美极了。

这里是半岛南端的海港。一个身穿紫领黄制服的司机从摆满粗点心的候车室二楼走了下来。外面，红色的大型公共汽车上，插着紫色的旗子。

母亲紧紧地抓住装着粗点心的纸袋的袋口，站起身来，冲着在利落地系鞋带的司机说：

"今儿是你当班吗？如果由'谢谢先生'把这孩子带走，她会交好运的。这是个好兆头啊！"

司机瞧了瞧身旁的姑娘，一声不言。

"总是拖个没完没了。再说，转眼冬天就来了。天寒地冻时分，把这孩子送到远方也怪可怜的。反正要送走，我想还是趁天气好的时候送走吧。所以就决定把她带去。"

司机默默地点了点头。他活像个士兵，走到汽车旁，整了整驾驶座的坐垫。

"老婆子，到最前边来坐吧。越前越不颠。路途远啊！"

母亲要把女儿带到十五里外通火车的镇子上卖掉。

姑娘在山路上摇摇晃晃，目光落在跟前司机那端正的肩膀上。姑娘眼里的黄制服，恍如偌大的世界扩展开去。群山的山姿从这肩膀两边擦过。汽车必须爬过两座高峰。

汽车赶上了公共马车。马车躲到路边上。

"谢谢！"

司机一边用洪亮的声音清楚地说，一边像啄木鸟似的点点头，致以诚挚的敬礼。

迎面遇上一辆运载木材的马车。马车躲到路边上。

"谢谢！"

排子车。

"谢谢！"

人力车。

"谢谢！"

马。

"谢谢！"

十分钟内，他要超过三十辆车，也都不能有失礼仪。

即使疾驰百里，也要始终保持端庄的姿态。那姿态就像一棵笔直的杉树，朴素而自然。

三点多钟从海港发车的汽车，中途得把车灯打开。每次司机遇见马，都要把前灯关闭，并且说声：

"谢谢！"

"谢谢！"

"谢谢！"

在十五里的公路上，他最受马车、大板车和马夫的好评。

傍晚时分，姑娘在停车场的广场下了车，身子摇来晃去，双脚飘浮起来似的，步履蹒跚，双手抓住了母亲。

"等等。"

话音刚落，母亲赶紧追上司机，纠缠不休地说：

"喏，这孩子喜欢上你啦。我求求你，拜托你了。反正从明天起，她就要成为陌生人的玩物。说真的，不管哪个镇子的姑娘，只要在你的车上坐上十多里地……"

翌日黎明，司机从小客栈里走出来，活像个士兵，横穿过广场。母亲和姑娘随后小跑着追了上去。红色的大型公共汽车从车库里驶了出来。车上插着紫色的旗子，等候着头一班火车的到来。

姑娘首先上了车，紧闭双唇，抚摸着驾驶座的黑色皮革。早晨有点寒冷，母亲将双手插在和服袖管里。

"哎，又要把这孩子带回去吗？今早这孩子哭着央求，你又责备。我的这番好意都给你们弄糟了。把她带回去也是可以的，不过我得把话说在前头，只能待到春天。寒冷时分把她送走，太可怜了，只好忍耐些，下次天气转暖的时候，这孩子就无法留在家里啰。"

头班火车给汽车卸下了三位乘客就驶走了。

司机整了整驾驶座的坐垫。姑娘的目光落在跟前司机温暖的肩膀上。秋日的晨风，从肩膀两边吹拂过来。

汽车追上了公共马车。马车躲靠在路边上。

"谢谢！"

大板车。

"谢谢！"

马。

"谢谢！"

"谢谢！"

"谢谢！"

他对十五里的山野满怀感激之情，回到了半岛南端的海港。

今年是柿子的丰收年，山里的秋色美极了。

万岁

姐姐二十，妹妹十七，在同一个温泉浴场不同的旅馆里当用人。两人长相都相当标致，却很懦弱，彼此很少往来。偶尔在乡村小剧场相会。

戏，约莫两个月演一次。盂兰盆节、新年、农闲期、大祭礼日、村祭典日的时候，巡回演出艺人都来演出三天。旅馆的女佣只要得闲，都会去看上两晚。所以姐妹俩即使事前没有约定，也会照面的。不过，只是站着聊一会儿短话，就马上分别，各自到自己的看台上去了。姐妹俩长相酷似，又格外标致，十分引人注目，使她们感到难为情。即使她们离去，人们还在对她们评头品足。

"舞台上的演员叫她们一块儿上去，她们说自己不会递秋波哪。"

不过，放电影的时候，她们也是很漂亮地靠在一起观赏的。电影终了，全场亮灯，她们两人脸上顿时绯红，拘拘谨谨地低下头来。

姐姐旅馆的男客，同妹妹旅馆的女客相互认识了。男的首先探问道：

"家乡在哪儿？"

"我没有家乡。"

"在这儿待了很久吗？"

"嗯。约莫待了一个月。"

"今后一直待在这儿？"

"不知道。在日本，从这儿往西的温泉，我大体都熟悉，没有一处温泉比这儿更没意思的了，不是吗？整整一个月都没法活动嘛。"

于是，女子滔滔不绝地谈论起她对二十来个温泉的印象。

"我是巡回演出艺人的女儿，靠它发迹……"女子说着笑了。

见过五六次面以后，女子终于说道：

"能不能把我带到别的温泉去呢？只要把我送到下一个温泉就行，就这个，可以吧？在那里，如果你对我厌倦了，你就只管回家好啰。"

然后，她叙述了她一生的梦。她本是遍历南国温泉的巡回演出艺人的女儿。她向往着日本全国的温泉，决定进行一次悲惨的旅行。在一家温泉浴场的旅馆里，她等待着男人把她转移到下一个温泉浴场去。在那里，她又寻找另一个男人，把她再带到北边的另一个温泉浴场去。如此依次更换男人和温泉浴场，辗转来到了北方。

"在这里我已经待了一个月，真对不起啊。每天我心里着急，也很悲伤。我不希望自己转到北海道最北边的温泉之前，就倒在路旁死去。要到那边，还有好几个温泉吧。我得趁年轻的时候就去，难道谁都不愿意带我去吗？"

男人快活地说：

"好吧。我来成全你的梦想。"

一辆敞篷汽车在等候着。两家旅馆的女佣们送男客和女客来了。姐姐和妹妹在汽车旁相会了。

在载着两个乘客开始启动的汽车上，女客抽冷子转过身来，使劲地挥舞着芒草花束欢呼："万岁！万岁！万岁！"

"再见！"

"再见！"女佣们在同客人道别的时候，一个女佣被女客的欢呼声打动，她也跟着呼喊："万岁！"

话声刚落，六七个人也受感染了，她们跟着高呼：

"万岁！"

"万岁！"

"万岁！"

远去的女客也不断地高呼：

"万岁！万岁！万岁！"

女佣们前俯后仰地哈哈大笑。不知什么时候手拉着手的姐妹俩对视了一下，仿佛在说：多想拥抱着跳起舞来啊！她们把紧握的手高高举起，神采飞扬地欢呼：

"万岁！"

"万岁！"

偷茉萸菜的人

风沙沙作响，

吹送了金秋。

小学女生一边唱歌，一边踏着山路回去了。

漆树已披上了红叶。破旧的小菜馆二楼，门窗敞开，仿佛不知秋风似的。从马路上可以望及正在那里静静地赌博的土木工的肩膀。

邮差在廊道上蹲下来，设法将大拇指缩进破胶鞋里。他是在等那个取小包裹的女子再次出现。

"噢，那是邮来的和服吧。"

"是啊。"

"我心里还想，这季节也该邮夹袄来了。"

"真讨厌，瞧你的神情，好像很了解我的底细……"

女子换上刚从油纸包裹里取出的新夹袄，走了出来。她跪坐在廊道上，把衣裳膝部的皱褶舒展开来。

"可不是嘛，人家给你的来信和你发出的信，我都读过了。"

"你以为信里写的都是真的？这与职业习性也不相符呀！"

"我不像你，你是以撒谎为职业的。"

"今天有我的信吗？"

"没有。"

"没贴邮票的信也没有吗？"

"没有呀。"

"瞧你那怪样子，我欠你的可不少啊。要是你当上部长，也许会定出一条法律：凡情书一概不用贴邮票。可是，现在不行。把自己的信都写得像变了质的糯米糖啦。嘿，所谓邮件就需要投递嘛。请交罚款。我想要邮票钱，因为我没零钱花了！"

"嗓门太高了。"

"快拿出来嘛！"

"真没法子。"说罢，他从口袋里掏出了一枚银币，投在廊道上，然后将皮包倒过来，一边押了押带子一边站起身来。

一个土木工只穿了一件衬衫，从二楼滚落下来。他绷着一张脸，活像造物主捏人捏得腻味了，一边打瞌睡一边捏出来的人脸。他说：

"钱掉了。阿姐，五角钱我借了。"

"你说什么，浑小子？"

女子赶忙将银币捡起来，掖在腰带里了。

小孩儿边跑边撺着铁环，响起了秋之音。

烧炭工的女儿背着炭草袋，从山上下来了。她活像讨伐鬼岛归来的桃太郎，正扛着一枝茱萸。这枝茱萸简直像一株长着绿叶的珊瑚树，上面结满了累累的红果。

她带着木炭和茱萸给乡村医生送礼去。

"光带木炭，恐怕不够吧？"从烧炭小屋出来的时候，她对病榻上的父亲说。

"你就说除了木炭以外，我们一无所有。"

"这炭要是爹烧的就好啰，可惜是我烧的，怪不好意思的。要不，等爹病好再烧。"

"那你就随便在山上采点柿子带去吧。"

"也好，就这么办吧。"

然而，姑娘没有偷到柿子就下到有稻田的地方来了。田埂上茱萸的鲜红色跳入了她的眼帘，把她那颗盗心的忧郁吹散了。她将手搭在茱萸枝上，压弯了枝丫，却没有折断。她又用双手攀着树枝往下搂。不料一根大枝丫从树干上裂开，她一屁股坐在田埂上了。

姑娘笑眯眯地不停将茱萸果送到嘴里，向着村子走去。她感到舌头有点发涩。小学的女孩子回来了。

"给我！"

"给我！"

姑娘笑眯眯地悄悄将珊瑚树般的枝丫伸了过去。五六个孩子，一个个把成串的红色茱萸果揪了下来。

姑娘进村了。一个站在小菜馆廊道上的女人说：

"哟，真漂亮。那是茱萸吧……送到哪儿去？"

"送给医生。"

"前些日子，用登山轿子将医生接去的，是你们家吧……这茱萸比红糯米糖好看啊，给我一颗。"

姑娘把茱萸枝递过去，送到了女子的膝上就松手了。

"这个我要了，可以吗？"

"可以。"

"连枝带果都要了，可以吗？"

"可以。"

姑娘惊羡于女子那身崭新的丝绸夹袄。她满脸通红，急匆匆地走开了。

女子看见茱萸的枝丫比自己的膝部大两倍半，惊讶不已。她摘下一颗送进嘴里。那股子又酸又凉的劲儿，使她倏然怀念起故乡来了。如今寄夹袄来的母亲也不在老家了。

小孩儿边跑边攊着铁环，响起了秋之音。

女子从茱萸枝下的腰间把银币掏出来，用纸包好，依然静静地坐着等烧炭姑娘归途中打此路过。

小学女生一边唱歌一边踏着山路回去了。

风沙沙作响，

吹送了金秋。

母亲

一 丈夫的日记

今宵不娶我妻

拥抱吧，柔软的女躯

我母亲也是女人之身

热泪盈眶，对新妻也难言

当个好母亲吧

当个好母亲吧

假如我不了解我母亲

二 丈夫的病痛

风和日丽，已经暖融融的，也许燕子飞来了吧。玉兰花的花瓣从邻居庭院里像白船似的飘落了下来。玻璃门内，妻子在用酒精揩拭着丈夫的身体。丈夫瘦骨嶙峋，连肋骨之间也可以隐藏虚汗的污垢。

"你……是啊，看上去好像一病就想殉情的样子。"

"也许。因为是肺病啊。细菌侵蚀着心脏的周围。"

"哎，是啊。病菌比我更接近你的心啊。你患病以后，首先变得相当自私。你故意关闭让我进出的你的心扉。能行走的话，你一定会将我抛弃离家出走的。"

"话虽如此，我可不想三人殉情，就是我、你和病菌三人殉情。"

"三人殉情又何妨呢？我可不愿意茫然地望着你生病和殉情。即使你父亲的病传染给了母亲，你的病可没有传染给我呀。父母的事，不见得就会在儿子身上发生啊。"

"敢情是啰，与双亲同样的病会在我身上出现，这在生病以前是不知道的。不过，我确实是患了同样的病。"

"不是挺好吗？连我也传染上才好呢。这样你就不至于不让我到你身边来了。"

"我是考虑孩子的事。"

"孩子？什么孩子……"

"你不理解我的心情。你有健在的母亲，是不会理解的。"

"这是偏见。是偏见嘛。这么说，我就恨不得想把母亲杀掉……我，想把细菌吞掉，吞掉，吞掉啊！"

妻子叫喊着将嘴贴近了丈夫的嘴唇。丈夫抓住她的衣领。

"让我吞掉，让我吞掉嘛。"妻子扭动着身子说。

丈夫使尽骨瘦如柴的手上的力气，将妻子按倒下来。

她丰满莹白的胸部露出来了。丈夫吐了口血，倒在那丰满的乳房上。

"对，对，别让孩子吃这只奶。"

三 妻子的病痛

"妈，妈，妈妈！"

"妈在这儿，活着呢。"

孩子把身体撞在病房的隔扇上，哇地号啕大哭起来。

"不许进来，不许进来！"

"你真冷酷！"

妻子仿佛断念似的闭上了双眼，一头栽倒在枕头上。

"我也曾像那孩子，不让我进母亲的病房，只能在隔扇外痛哭。"

"是相同的命运啊。"

"命运？我希望就是死去，也不要提命运这种话。我非常讨厌。"

孩子在家中的屋角哭泣。更夫敲着梆子走过。屋后传来了用铁棍敲水管上的冰柱的声音。

"你没有记住母亲的事嘛。"

"对。"

"母亲去世时，你才三岁吧？"

"是三岁。"

"那孩子也是三岁。"

"我觉得，也许后来我长大了，会忽然想起母亲的容颜来。"

"如果你见过母亲的遗容，你就肯定会记住的。"

"不，我只记得身体撞在隔扇上了。如果能自由地见到生病的母亲，我反而肯定连母亲的任何一件事也不会记得的。"

妻子闭目片刻，然后说：

"生在没有信仰的时代，我们是不幸的。我们是生在不思考关于死后的生存问题的时代嘛。"

"什么？现在，是死者最不幸的时代。不久的将来，连死者也幸福的时代、智慧的时代一定会到来的。"

"也许是吧。"

妻子的脑子里充满了回忆，回忆起当年同丈夫到远方旅行的情景。接着，各种美丽的错觉相继产生，她苏醒过来似的握住丈夫的手，平静地说：

"我……我觉得和你结婚很幸福。我从来不曾埋怨过染上疾病的问题。你相信吧？"

"相信。"

"所以，那孩子长大以后，也让他结婚吧。"

"我完全明白了。"

"你同我结婚之前，恐怕吃了许多苦头吧。自己得了与双亲同样的病，后来这种病又传染给了妻子，接着又想到会生出患病的孩子。不过，这段婚姻，我感到幸福，这就行了。对于那孩子，我希望不要让他感到自己结婚不好，咀嚼着痛苦的无谓的悲哀。让他愉快地结婚，这就是我的遗嘱。"

四　丈夫的日记

今宵女儿不眠

拥抱吧，柔软的女躯

我母亲也是女人之身

热泪盈眶，对幼儿也难言

当个好母亲吧

当个好母亲吧

假如我也不了解我母亲

麻雀的媒妁

长期以来，他过惯了自我的孤独生活，反而憧憬着将自己奉献给他人的美德。他也懂得牺牲的尊贵。他觉得自己作为一粒种子，把人种从过去传给未来，尽管渺小，却也满足了。所谓人种，如同各种矿物和植物一样，只不过是支撑这个宇宙中飘荡着的某种巨大生命的小支柱罢了。他很有同感，比起其他的动物和植物来，它也不是格外尊贵的存在。

"可以开始了吗？"

表姐在梳妆台上骨碌碌地转动起银币来。接着她把银币压在掌心下，一本正经地看了他一眼。在表姐白皙的手上，他发现了疲惫的心灵之所在。于是，他爽朗地说：

"是背面。"

"是背面？揭开之前，你一定要敲定。要是背面，你是同她结婚还是不结婚？"

"要是，就结婚呗。"

"哟，是正面。"

"是吗？"

"回答干吗这样泄气？"

表姐高声朗笑。她啪的一声扔下了姑娘的相片，站起来就走了。她是个爱笑的姑娘。笑声朗朗，持续之久，让家中的男人都产生了一种不可思议的忌妒。

他捡起相片，看了看姑娘，心想，同这姑娘结婚也很好。要是对方有这种程度的好意，就听任父兄安排自己的命运结婚吧。这样的姑娘在日本还是很多的吧。他觉得这种方式很美。他百无聊赖，有所醒悟，便觉得自己的优柔寡断太丑陋了。

"就说选择结婚对象吧，苦思冥想，到头来还不是像抽签那样，最后用银币的正面或反面来判断吗！"

表姐这么一说，他对于把自己的命运全押在她那白皙掌心下的银币上，感到无比的高兴。然而，知道这不过是表姐在作弄自己之后，他的目光又寂寞地落在廊檐边的泉水上。

他央求泉水说："除了这姑娘之外，还有人可以当我妻子的话，就请在水面上映出她的面影让我看看吧。"

他相信人是可以透视时间和空间的。他就是孤独到如此地步。

于是，一粒神的锐利的小石子，黑黑的，落进了他全神凝视着水面的视野里。原来是一对交尾的麻雀从房顶上掉落了下来。麻雀在水面上扑打着翅膀，两只分开，各自朝不同的方向腾空飞去。他理解了神的这一瞬间的闪现。

"原来是这样啊！"他嘟哝了一句。

水面上的涟漪平静下来了。他继续全神凝视着泉水。

他的心成了一面与平静水面相似的镜子。上面鲜明地落下了一只麻雀的投影。麻雀鸣叫，叫声的意思似乎是：

"你这么优柔寡断，即使你看到今世会成为你妻子的女子的身影，也不会相信的吧？所以，我让你看看你来世的妻子的姿影。"

他对麻雀说：

"麻雀，谢谢你啊！我来世要是变成麻雀，娶你为妻，那么我现在就决定娶这姑娘了。因为看见了来世命运的人，在今世也就无须再犹豫了。来世的美丽而尊贵的妻子，请为我今世的婚姻做媒吧！"

于是，他冲着相片上的姑娘致以纯洁的敬意，这时他深深地感到神的伟大。

夏天的鞋

马车上的五个老太婆虽然不时地打盹儿，还是议论着今冬橘子丰收的景象。马儿像是在追赶海鸥，摇摆着尾巴在奔驰。

马车夫勘三很爱马儿。而且在这公路上，拥有八人乘坐的马车的就仅有勘三一人。他总是把自己的马车揩拭得比行驶在这公路上的其他马车都干净，甚至到了神经质的地步。车子快要爬坡了，他为了马儿，从驾驶台上机敏地跳了下来。机敏地跳下来，又机敏地跳上去，动作是多么轻巧自如。他沾沾自喜。就是坐在驾驶台上，凭着马车的摇晃劲儿，他也能感觉到有孩子在车尾上扒车。他敏捷而轻巧地跳下车来，劈头盖脸地殴打那些扒车的孩子。所以，公路上的孩子最关注勘三的马车，也最害怕勘三。

可是，今天他怎么也逮不着孩子，就是说他无法逮着像猴子般扒在车尾上的现行犯。要是平时，他机敏得像一只猫，轻巧地跳下车，让过马车，抽冷子朝扒车的孩子的脑袋飞去一拳，然后得意扬扬地说：

"瞧，这糊涂虫！"

他又一次从驾驶台上跳下来。这是第三次了。一个十二岁的少女绯红着脸颊，三步并做两步地疾跑过来，双肩颤动，气喘吁吁，两只眼睛闪闪发光。她穿一身粉红色的西服，袜子滑落在脚脖跟，没有穿鞋。勘三直勾勾地盯着少女。她却把视线移向大海，在拼命地追赶马车。

"啧啧！"

勘三咂了咂舌头，回到了驾驶台上，心想，说不定这鲜见的高贵而美丽的少女是要到海滨别墅去呢，对她有点手下留情了。他一连三次跳下车都没有逮着她，着实恼火。这少女已经扒在车尾走了一里多地，实在可恨。勘三扬鞭抽打心爱的马儿，飞奔而去。

马车进了一个小村庄。勘三使劲吹响了喇叭，马车越跑越快。回过头来，只见少女挺起胸脯，肩上披散着秀发在奔跑，手里还拎着一只袜子。

一会儿，少女又像是扒在了马车上。勘三回首透过驾驶台后的玻璃一看，感到少女忽然蜷缩起身子。但勘三第四次跳下车的时候，少女已经离开马车，迈步走了。

"喂，上哪儿？"

少女耷拉着脑袋，一声不言。

"打算扒车到海港去吗？"

少女还是一声不言。

"是去海港吗？"

少女点了点头。

"喂，瞧瞧脚，脚呀！不是淌着血吗？真是个倔强的小妞。嘿，你呀。"

连勘三也皱起了眉头。

"就载你一程吧，坐在车子上。扒在那儿，马儿负担重，请多关照。坐在车子上吧，我也不想当糊涂虫。"

勘三说着，把车厢的门打开了。

过了一会儿，勘三从驾驶台回过头来，只见少女也不去拉一拉她那被车门夹住的西服下摆。方才那股倔强劲儿顿时消失了，她静静地、羞愧地低下了头。

去过相距此地一里地的海港之后，在回程的路上，这少女不知从哪儿又开始追赶起马车来。这回勘三诚挚地给她打开了车厢的门。

"叔叔，我不愿意坐在车上，我不想坐在车上呀。"

"瞧你脚上的血，血呀！袜子都染红了，不是吗？可不得了啊，小妞。"

缓缓爬行了二里坡道的马车，快到原先的村庄了。

"叔叔，让我在这儿下车吧。"

勘三偶然向路旁一瞧，看见一双小白鞋在枯草上白花花地绽开了。

"冬天也穿白鞋吗？"

"哪儿的话，我夏天就到这儿来了。"

少女穿上鞋，就像一只头也不回的白鹭似的，飞跑回小山上的感化院去了。

儿子的立场

实际上，他母亲的理解力很差。

"家母强迫我结婚，可我有海誓山盟在先。"

多津子带着这样的问题来同他的母亲商量。按理说，他的母亲应该领会这海誓山盟的恋人无疑是她的儿子。然而她却简直像谈论旁人的事似的，谈得很起劲，滔滔不绝地说：

"这件事，你还有什么可踌躇的呢？哪怕私奔，也要恋爱结婚嘛。我是凭我的经验忠告你呀。我也有过同你现在一样的境遇，只因选错了路，招来了三十年的不幸，毁了自己的一生啊！"

多津子完全误会了，她以为他母亲是同意他们相恋、暗中支持的。她快活地涨红着脸说："这么说，伯母打算让一郎自由恋爱结婚了？"

"当然啰。"

多津子满心喜悦地回去了。他偷听到这番谈话，尾随其后似的写了一封解除婚约的信，上面写道："请按强迫的安排去结婚吧。"但是，唯有这句话无法写下去：

"然后，生个像我这样有出息的孩子吧！"

殉情

　　厌弃她而出逃的丈夫来信了。这是阔别两年之后，从遥远的地方寄来的信：

　　"别让孩子玩皮球啰。那声音我听得见。那声音敲打着我的心啊。"

　　她从九岁的女儿手中接过了皮球。

　　丈夫又来信了。跟上封信不同，是从另一个邮局寄出的：

　　"别让孩子穿皮鞋上学啰。那声音我听得见。那声音践踏着我的心房啊。"

　　她给女儿换上了一双柔软的毡草鞋。少女哭了，不肯去上学了。

　　丈夫又来信了。这是距第二封信一个月之后，从字里行间让人感到他骤然衰老了：

　　"别让孩子用瓷碗吃饭啰。那声音我听得见。那声音敲碎了我的心啊。"

　　她把女儿当成三岁小孩，用自己的筷子给她喂饭。于是，她想起女儿三岁时，丈夫假依在她身旁的快活情景。女儿顺手从碗橱里拿出自己的瓷碗，她马上夺了过来，狠狠地摔在庭院的点景石上。这声音将要敲碎丈夫的心。忽然间，她倒竖双眉，把自己的饭碗扔掉了。然而，这声音不是敲碎丈夫的心的声音吗？她将饭桌推到庭院里去。这声音……她把整个身子撞在墙上，用拳头乱砸起来。像是投枪般撞在隔扇上，转眼倒在门边上了。这声音……

"妈妈，妈妈，妈妈！"

女儿边哭边跑了过来。她一巴掌打在女儿的脸颊上。啊，听这声音！

活像这声音的回响，丈夫又来信了。这次与往常不同，是从遥远的新地方的一家邮局寄来的：

"你们别发出一切声音，别开闭门窗，别呼吸，也别让家中的挂钟作响。"

"你们，你们，你们！"

说着，她竟涌出了满眶热泪。于是，一切都沉寂得了无声息。连微弱的声音也永远没有了。就是说，母女都离开尘世了。

奇怪的是，她的丈夫竟也同她们并枕长眠了。

龙宫仙女

"我的墓碑要用比那女人还高的石料制造，要让那女人抱着我的墓碑葬身海底！"

浑身鲜血的父亲留下这样的遗言便告别了人间。两个儿子遵照遗嘱造了一块很有气派的墓碑。父亲是被他年轻的后妻及其姘夫下毒手残害致死的。

前妻的两个儿子将一块比那女人还高的墓碑轻而易举地抬起来，运到海边的岩石上。这是一处可怕的悬崖绝壁。从这儿将小石子投下去的话，它就会变小，像芝麻粒般坠入大海。但小石子落到海浪上之前，甚至会使你看得头晕目眩。儿子们就在这儿将那女人扒得赤条精光，用粗绳子把她捆绑在墓碑上，就势连人带碑推下了大海。女人不由得伸展开手脚，抱住坠落的墓碑。墓碑像有生命似的，一边呻吟一边坠落下去。

可是不知怎的，落下悬崖途中，戛然停住，不再滚落。只见那女人骑在墓碑上，简直像蹬在雪橇上轻快地滑行一样，而且落到海面上时竟变成一叶美丽的小舟，不是吗？这叶小舟就像一道光束，笔直地冲向辽阔的海面，不是吗？目睹这般情景，两个儿子恍如从两面猛扑过来，抱作一团，一边呼喊"父亲啊，宽恕我们吧"，一边倒了下去。

那女人的情夫跑了过来。女人的小舟宛如迅速掠过蓝天的燕子，任何船只都追赶不上。这时，他飞跑到那女人的丈夫的墓前，将墓碑的基石轻巧地运来，然后抱住这块基石纵身投入大海。果然，这块基石也变成一只船，像一道光束飞快地驶去了。

男人的船追上了女人的小舟。男人说：

"我们现在要感谢那个被我们杀害的男人。"

"不行。不能感谢我的丈夫。当你生起感谢之念时，你的船就会变成墓碑的啊。"

女人的话音未落，男人的船变成了墓碑，连同男人的躯体一起，咕嘟咕嘟地往海底沉下去了。

女人望着这般情景，说：

"我的船啊，你也变成墓碑沉入海底去追赶我的情人吧！"

于是，她依然赤身裸体抱住墓碑，像人鱼似的沉了下去。

那男人十分恼火，觉得为什么只有自己被沉入海底呢。于是他说：

"墓碑啊，变成小舟浮在那漂着情人的船只的海面上吧！"

他求助于他自己亲手杀害的那个男人。于是，他又中途浮了上来。

然后，不知是怎么回事，沉下去的女人同浮上来的男人在大海里不留神就错过去了。最后只有那女人沉入了海底。

这女人就是龙宫仙女。

听她讲述这个故事的时候，我寻思着：这个女人一定是要殉情
的。果然，她同情人双双投海自尽了。男人死了。女人复苏的瞬间，
"啊"地喊了一声，就搂住被她欺骗过的丈夫。后来她与我相遇时，
是这样说的：

"这简直像一个故事啊，直到全部终了⋯⋯"

处女的祈祷

"看见了吗？"

"看见了。"

"看见了吗？"

"看见了。"

村民们带着不安的神色，相互探询着同样一件事。他们有的从野外、有的从山上纷纷会集到大路上来。

分散在各处山头上和田野上劳动的村民是如此之多，简直像预先商量好似的，在同一瞬间望着同一方位，仅是这点就够不可思议的了。而且，据说不论谁都同样感到浑身颤抖。

这村庄是圆形的山谷。山谷中央屹立着一座小山。一条小河环绕着小山流淌。小山上是全村的墓地。

据说村民们从四面八方看见一块墓碑像个白色的怪物，从小山上滚落下来。倘使是一两个人看见，倒可以认为是眼花，一笑了之。可是，如此多的人同时看见同样的幻影，就难以置信了。于是，我也混杂在嚣闹的村民中，前去查看小山。

首先，无一遗漏地查遍了小山的山麓和山腰，哪处都没有掉落的墓碑。然后，我们登上了小山，把一座座坟墓都查看过了，墓碑都安然地、静静地屹立着。村民们困惑不安，面面相觑。

"看见了吧？"

"看见了！"

"看见了吧？"

"看见了！"

村民们相互交谈着同一件事，接着逃也似的从坟地溜下来。他们又取得了这样的一致意见：这无疑是村里祸之将至的前兆，是神灵、恶魔、幽魂在作祟。为了驱散冤魂，必须祈祷，必须净化墓地。

村民们召集了村里的处女，然后在太阳西沉之前，成群结队地簇拥着十六七个处女登上了小山。我当然也混杂其中。

处女们在墓地中央排列成行，白发苍苍的长老站在她们面前，庄严地说：

"纯洁的姑娘们，笑起来吧，直到笑破肚肠。笑啊，笑啊，笑那些给村里招灾的家伙，来禳灾求福吧！"

于是，老人带头笑了。

"哇哈哈哈……"

健康的山村的处女们一齐笑开了。

"啊哈哈哈……"

"啊哈哈哈……"

"哇哈哈哈……"

这种异常的景象，把我吓得目瞪口呆。我轻易地沉湎在震撼山谷的笑声中。我也同声笑了。

"哇哈哈哈……"

一个村民把墓地的枯草点燃了。处女们团团围住像恶魔的舌头似的火焰，捧腹大笑，蓬头散发地倒在地上打滚，笑着转圈子。开始笑出的眼泪完全干了，眼睛格外地明亮。笑的风暴一阵紧似一阵，令人感到这样人的力量可以摧毁整个大地。姑娘们犹如猛兽，露出了白色的牙齿，在狂蹦乱舞。这是多么野蛮而奇怪的舞蹈啊！

而后，拼命大笑的村民们的心，恍如太阳一般明亮。但是，忽然间，我一个人的笑声戛然而止，我跪倒在枯草的火焰下一块光亮的墓碑前。

"神啊，我是清白的。"

但这声音竟是连我的心也听不见的笑声。村民们和着处女的声音大笑起来。也许要笑到这座小山漂浮在笑海的波浪中。

"哇哈哈哈……"

"啊哈哈哈……"

"哇哈哈哈……"

"啊哈哈哈……"

一个处女掉落的梳子被踩断了。一个处女松开的腰带绊倒了其他的处女，火焰在腰带的一端蔓延。

近冬

他和山寺的和尚在下围棋。

"怎么啦？今天判若两人，战绩不佳啊。"

"一到寒冷季节，我就像草叶都蔫了，什么也干不成啰。"

他在精神上被压垮了，连对手的脸都不敢正视一眼。

昨夜，她和他依旧住在温泉旅馆离本馆稍远的一个单间里，一边倾听秋风扫落叶声一边闲谈。

"每年我的脚感到冷的时候，我就想建立个家庭。净空想着家庭的事。"

"临近冬日，我就觉得我对你似乎没有什么价值，自己对任何女人都似乎没有什么价值。这种想法越来越强烈了。"

然而，双方的对话，已经不能真诚地互相理解了。他出于辩解，补充了一句：

"临近冬天，对神灵祈祷的心情，我是深有同感的。这不是彬彬有礼的，而是软弱无力的心情。唯一冥思苦想的，就是神灵的事，倘使每天都能过上得到天赐的粮食的生活，就是幸福的，哪怕一天只给一碗粥也好。"

实际上，他们每天都享受美餐。只是山中的温泉旅馆不能移动。

倘使人世间尽如人意，今年夏天两人就应该建立她在四五年前失去了的家庭。半年前，他们就不分先后像逃跑似的来到了这里，隐居在这里。熟悉的旅馆主人总是默默地把他们安置在离本馆稍远的一个单间里。但没有钱、没有依靠的他们到什么时候都是不能动弹的。这期间，他对"希望"这种东西不知不觉感到了厌倦，对一切事物也渐渐抱持宿命论者的思考方法。

"那么，在地炉生上火好吗？请，再下一子。"

这回刚觉着顺手，和尚冷不防无礼地在他眼前的一角上下了一子。农村初段的和尚在角上下子，是拿手的一着，让下方难以对付。他顿觉有点扫兴，精力也全无了。

"昨夜，梦中没有见到受这一子的人啊。命运就是由这一子来决定的啊。"

他漫不经心地下了一子。和尚大笑起来。

"蠢材，技术这样不熟练，能战胜对手吗？"

在一角上，他一败涂地。接近终局，进入决胜负的阶段，和尚总是先手下着。他有点泄气，正在追赶，这时电灯忽然熄灭了。

"哇，哈哈哈。我算服了。比祖师爷还厉害啊！简直是连祖师爷也敌不过的神力啊！岂止不是蠢材。我算服了。不，完全折服了。"

在黑暗中，和尚站起来找蜡烛去了。这种偶然才使他快活地笑了。

"这一子在昨晚的梦中……"或"蠢材"这类话，是他们下围棋时的口头禅。从和尚那里，他听到了有关这寺庙的开山鼻祖的传说，就是从这类话引起的。

　　这寺庙建于德川时代，开山鼻祖是个武士。这武士的儿子是个白痴。领地领主的家臣侮辱了他的儿子。他击毙了家臣，杀死了自己的儿子，然后逃离该国。他潜逃到这七十里外的温泉地时，做了一个梦。梦中的他被打倒在离温泉一里远的深山瀑布下。在那里出现的家臣的儿子挥刀从他的左肩斜砍下来。他惊醒过来，只觉寒气逼人，心想，真是不可思议的梦。首先，他从来没有想过会被打倒在瀑布下。再说，也不可能静坐着看白刃的闪光。更重要的是，虽然他与家臣家的武艺师承领地不同的流派，但他自负在技艺上绝不亚于他人，即使遭到突然袭击，也绝不会被一刀砍倒，败在家臣的儿子手下。然而，这种无法相信的事终于发生了，这个梦反而使他惶惶不安起来。他不免想道：莫非这是自己的天命？莫非生下白痴的儿子是自己命里注定的事，被砍倒在瀑布下也是自己命里注定的事？莫非在梦中就预测到了自己的命运？这种梦不就叫作灵梦吗？于是，这个梦不可思议地诱使他向瀑布走去。

　　"好吧，我要同命运搏斗。让命运听我的摆布！"

　　打这天起，他开始每天都到瀑布去。沐浴在瀑布下，庄严地在岩石上打坐，做着现实的梦。时不时看到白刃从自己的左肩上砍下来的梦幻。必须从这个梦幻中逃脱出来。必须让这梦幻中的刀砍不中自己的肩膀，而砍在岩石上。这样的冥想持续了整整一个月，有一天，光闪闪的梦幻的刀忽然掠过他的肩膀，砍在岩石上。他跃了起来。

当然，与这梦幻相同的事，在现实的世界也发生了。尽管家臣的儿子声称要报仇，大骂他卑鄙无耻，他却闭目端坐，邀游于无我的境界。自己在瀑布的流水声中消失了。他依然紧闭双眼，忽然做起白刃光闪闪的梦来。家臣的儿子将刀砍在岩石上，手都发麻了。这时候，他忽地睁开了眼睛。

"蠢材，你以为漫然地习武挥刀，就可以砍掉天地众神吗？只是为了这一刀，为了躲避你这一刀，我祈求了天地的精灵，与天地之力相通，让这命运的一刀偏了三寸。"

听了和尚谈到开山鼻祖所说的"蠢材"这句话，他时不时愉快地抛出这个词儿，捧腹大笑起来。

和尚拿来了蜡烛。但是，他要告辞了。和尚将蜡烛移到灯笼里，一直相送到山门。明亮的月儿当空，寒气袭人。山野已没有一点灯火。他望着层峦叠嶂，说：

"我们已经不知月夜真正的喜悦了啊！若不是没有灯火的古人，恐怕就不知道月夜真正的喜悦吧。"

"是啊。"和尚望了望山峦。

"前些日子，我一进山，就听见鹿儿的声声鸣叫，正是交配期吧。"

"那么，自己的配偶呢？"他边想边从山门的石阶走下去。

"依然是躺在棉被上曲肱为枕吧？"

近来，女佣早早地就来收拾卧具。但他不是在就寝。他嫌钻进被窝麻烦，就躺卧在棉被上，把腿脚缩在棉袍下摆里，曲肱为枕。不知什么时候，这个毛病也传染给她，每晚天刚擦黑，两人就以同样的姿势呆呆地躺在两床卧具上，彼此都把视线从对方的姿势上移开。

她的姿影，像命运般在走出山门的他的脑海里浮现出来。他心想，我自己难道就不能摆布命运吗？

"快快起来，端端正正地坐下来！"他在心中命令她，使劲吆喝一声："嘿！"

他发现灯笼猛烈摇晃起来，眼睑感受到了近冬之夜的寒意。

灵车

　　干妹子——也许这是多余的事，但我最终还是想把这件事告诉你，我决定不把芳子称作妻子。从"干妹子"这个词，你可以感到这是对我的讽刺。这位干妹子死了，你也是知道的吧。纵令没人向你讣告情人的死，再怎么说，你自己也能感受得到吧。何况干妹子临死之前还到你那儿见过你呢。一般来说，应该是你来见她才是。在病榻上的干妹子，弥留之际还渴望着见你，她的这颗心是同遥远的你相通的。尽管如此，你却没有来。倘使你以为反正干妹子动弹不了，而且将不久于人世，只要置之不理，一切都会烟消云散，你便不来，那么这就大错特错了。证据就是，你没有来，干妹子才去的，不是吗？让一个垂危的生命付出精神上的劳力，去做不必要的人格上的分裂，在良心上是应该感到羞愧的，是卑鄙的。请你一定记住这件事。今后，死去的干妹子倘使想见你，你可要去见她啊。倘使她希望得到爱，不管你的意志如何，你可也要爱她啊。倘使她想恨，你可一定要让她随便去恨啊！

　　以前，对于这种偶然的事，你似乎是漠不关心的，仿佛忘却自己是个不久就会死去的人。现在我想向你报告一件干妹子葬礼时发生的事，但是在这之前，我还想写另一件有点意思的事。干妹子亡故不久，我们寻找她的照片，以便摆在佛坛上。可是近年来拍的照片，只能找到同你合拍的。本来可以把它剪成两半，我却主张就那么把两人的合影摆在灵牌前。因为第一，把它剪成两半放进镜框里不合适，最后用黑丝带丧章把你的姿影盖住了。当然，这是有意用丝带巧妙地装饰一番，让人不晓得它是双人的合影。从善意来解释的话，恐怕有这样一层意义：近年来她同你的合影只出现过一张，干妹子的存在就犹如这张照片所显示的，你和她有如此之深的缘分，你披上丧服陪伴着干妹子的亡灵吧！事实上，她的双亲对你的恶意，由于女儿的死受到了挫败。他们说，倒不如让她同你在一起更好。然而，我并不这样想。我觉得即使不在一起也是挺好的。为什么呢？因为事实上干妹子并没有同你结合在一起。这个道理非常简单，但是最正确。同样的道理，我觉得干妹子死去太好了。

　　另一件就是葬礼那天发生的事。你知道吧，从干妹子家奔往火葬场途中，必须经过大桥附近的桥洞下面。灵车要穿过那里的时候，助手们分别从前后的车厢里跳了出来，整理悬在灵车顶篷四个角上的装饰物。因为这些装饰物太高，会被桥洞卡住。火车发出凄厉的声音从上面通过。我无意中从汽车内抬头望了望列车，只见车窗里露出一张白脸望着我。这人原来就是你。就算你不知道这是干妹子的葬礼，肯定也会知道某种暗示。这列车是三月十四日四时十三分从 W 站发车的。

我向你报告这些事，并不光是为了刁难你。把你的照片一起摆在佛坛上，也并不是想把你和干妹子的爱情统统埋葬掉，或者令你伴随干妹子走进墓穴。尽管如此，一看到人们在干妹子的遗像前流泪、合掌、焚香、诵经的情景，连我也觉得太可笑了。人们是不会知道黑丝带下面有你的。就这样，人这种生灵本来是打算向死者也向生者礼拜的，也是打算凝视着生者的，因为在生者的影子里也会有死者的啊。你从火车车窗无意望着的汽车，就是你情人的送殡队伍啊！

一个人的幸福

敬启者，久疏问候。姐姐安好吗？纪伊近来气候也相当寒冷了吧？这里天天都在零下二十多摄氏度。家家户户的玻璃窗都成了毛玻璃似的。我很健康，只是手皲了，脚也皲裂了，走路相当困难。这也是很自然的。每天清晨五点起床，做饭、烧水、煮酱汤，六点左右开早饭。早饭毕，就拾掇碗筷，所有这一切都要用水。学校九点上课，每天的家务，我得干到八点半。其中最难熬的，就是打扫屋内外和厕所。这些活计当然也都要用水。

放学时间有时是两点半，有时是三点。两点半放学就必须在三点以前，三点放学就必须在三点半以前回到家里，否则用晚餐时就得挨骂。一回到家中，首先要打扫屋内卫生，然后开始劈第二天清晨使用的柴火。有时候，大风呼啸，雪花纷扬，伸手不见五指。手冻僵了，脚也冻僵了，疼痛难忍。寒峭的雪花从衣领灌进来。看着手上的皲裂渗出鲜血，不禁潸然泪下。劈完柴火，开始准备晚饭，五点左右做好晚饭，然后又是拾掇厨房。还得哄三郎，直到他入睡才罢。丝毫没有学习的余暇时间。

星期天，洗自己的衬衫、裤子，有时还洗父母的布袜子、手套，都是用冰冷的水来洗的。一有空闲，又得照料三郎。就这样每天周而复始。假如要钱购买日常学习用品，甚至要挨骂二十遍才能把钱拿到手。即使这样，还是欠缺许多学习用品，所以常遭老师的责备，最近学习成绩下降，身体也衰弱多了。

今年过年，也是成天忙不迭地干家务活。父母吃了许多他们爱吃的东西。我呢？过年的三天里只给我一只蜜柑，平常就更不消说了。正月初二这一天，我把饭给烧煳了，挨了劈头盖脸一顿毒打，甚至连火筷子都被打弯了。头部挨了这顿痛打，至今仍经常发作剧痛。

回想起来，六岁上什么也不知道，便离开了叔叔婶婶，被带到像魔鬼般的父亲身边。在寒冷的中国东北整整度过了痛苦的十个春秋。我为什么是这样一个不幸的孩子呢？每天我都挨父亲的棍棒，挨父亲烟袋锅的揍，就像殴打牲畜一样。我没有做什么坏事啊！

这都是由于母亲瞎告我的状。不过，再过一个月我就要毕业，我将告别这个可怕的家回到大阪去，白天当公司的勤杂工，晚间上夜校专心地学习。

祝胜子姐姐生活快乐。请代我向熊野的爷爷奶奶问好。再见。

他从胜子那里硬抢过这封信来阅读，胜子纹丝不动地坐着。

"也让男孩儿干这种活儿吗？"

"我一直以为不会让男孩儿干这种活儿呢，可是……"

"也让男孩儿干这种活儿吗？"

他又重复了一遍同样的话。他把所有的同情都倾注在这句话里。

"你在中国东北也过着这样的生活吗？"

"我更悲惨了。"

这时，他才懂得胜子十三岁上只身从中国东北回到纪州时的心情。这之前，他只是惊愕于这少女的胆量。

"那么，你打算怎样生活呢？"

"我要供弟弟上学。不管我会怎么样，都要供弟弟上学。"

"那么，马上把旅费寄去，叫他回来好啰。"

"现在不行。就是坐上了火车，也会在中途站被抓起来的。乘渡轮也肯定会被逮住的。今年春上弟弟高小毕业后，父亲就将把他卖掉。我也曾每天都受到威胁：要把你卖掉！要把你卖掉！我想把钱寄到弟弟被卖的地方，把弟弟赎回来。"

"这就更糟糕啰。倘使在中国东北被卖掉，谁知道会被送到什么地方，会变成什么样子呢。"

"没法子啊。要是中途被抓回去，就会被杀害的啊！"

于是，胜子把脑袋耷拉下来。

他生病，胜子看护他，照料他的生活已经整整一年了。他对胜子产生了难以分离的感情。他已有妻室，可他如今更爱慕胜子，这样将会使胜子陷入不幸，这是社会上常见的事。他已下定决心，即使让胜子陷入不幸，他也在所不惜。就在这时，她的弟弟来信了。他接到她弟弟的这封信，脸颊都变得冰凉了。童年时代胜子的生活比她弟弟的更加不幸，她才拼死逃到遥远的地方来。对于这样一个胜子来说，不能再让她承受不幸的未来了，不是吗？他便抑制住自己的感情。但是，他的病痊愈了。

对，自己到中国东北去！从她的继母手中把她的弟弟夺回来，并且供他上学。

他高兴极了。假如能照顾胜子弟弟的生活，也就能经常接触胜子，接触胜子的生活。再说，凭自己的力量使一个少年获得幸福，也确是相当光明的。一个人在一生中，哪怕能使一个人获得幸福，也是自己的幸福。

神在瞬间

傍晚时分，山际悬着一颗像盏煤气灯的星，不停地闪烁着。他惊愕不已。这么大这么近的星，在别的地方他不曾见过。

星光倾泻下来，他感到一阵冷飕飕的，于是他像狐狸似的从白石子路奔回家里去了。四周寂静得连一片落叶的声音都没有。

他跑到澡塘，跳进了温泉里，用暖融融的湿手巾捂住了脸面，这时候寒星才从脸颊陨落了。

"转冷了，终于要在这儿过年了吧？"

一看，原来是一个常来旅馆的熟识的鸟店主。

"不。我想越过山头向南边走。"

"南边敢情好啊。三四年前我们还住在山南面。所以一入冬，我就想回到南边去。"鸟店主尽管这么说，却不转脸看一眼对方。

他目不转睛地偷看鸟店主这种不可思议的动作。鸟店主在温泉里跪下，又踮脚站起来，给坐在池边的妻子搓洗胸部。

年轻的妻子像要贴紧丈夫似的挺起胸脯，望着丈夫的头。小小的胸脯上一对小小的乳房，不甚丰满，活像是两只白酒杯。由于生病，她的身体总是像少女的模样，是一种稚嫩纯洁的象征。她那嫩草茎般的身躯上方支撑着的美丽面孔，更令人感到像是一朵花儿。

"请问客人是初次去山南边吗？"

"不，五六年前去过。"

"是吗？"

鸟店主一只手搂住妻子的肩膀，给妻子冲洗，肥皂泡从胸部流了下来。

"山顶茶馆住着一个患中风的老大爷，他现在还健在吗？"

他以为是说了不中听的事。鸟店主的妻子也是手脚不灵便的人。

"您说茶馆的老大爷……是指谁啊？"

鸟店主回过头来望了望他。妻子漫不经心地说：

"早在三四年前，那位老大爷就去世了。"

"哦？是吗？"

这时他才认真地望着那人的妻子的脸。他大吃一惊，把身子转过去，用手捂住了脸。

原来她就是那个少女。

他真想把身子隐藏在黄昏的水蒸气中。他良心上有愧于这裸体。她就是他五六年前旅行时在山南边伤害过的少女。为了这少女，这五六年来他一直受到良心的谴责，深感痛心，但在感情上不断做着许多漫无边际的梦。尽管如此，神灵让他们在温泉里邂逅，不是太残酷的偶然吗？他喘不过气来，把手巾从脸上挪开了。

鸟店主压根儿就不理睬他，从温泉中上来，绕到了妻子的背后。

"来吧，下去泡泡吧！"

妻子稍微打开尖削的双肘。鸟店主从腋下轻轻地把她抱了起来。她像聪明的小猫，把手脚缩了起来。然后，她沉到温泉里，水波轻轻地舔着她的下巴颏。

这时候，鸟店主跳进了温泉里，开始忙不迭地往自己微秃的脑袋上浇温泉水。他悄悄地瞥了一眼，大概是温泉水渗透了她全身的缘故吧，只见她锁着双眉，紧紧地闭上了眼睛。少女时代曾使他惊愕的丰盈的黑发，如今像沉重的装饰品，已经变形倾斜了。

澡池很大，可以游泳，她似乎没有察觉泡在温泉一角里的他是谁。他祈祷似的请求她的宽恕。她生病，兴许也是他的罪过。因为他，她那白皙而悲哀的身体才变得如此不幸。眼前的事实，就足以说明这一点。

世上再没有人像鸟店主这般爱抚着自己手脚不灵便的年轻妻子。这在此地的温泉早已闻名遐迩。一个四十岁的男子，每天背着妻子往返温泉浴场，谁都把他妻子的病体当作一首诗，愉快地观赏着。人们一般不来旅馆的温泉澡塘，而上村里的公共温泉浴场，难怪他不知道鸟店主的妻子就是那位少女。

鸟店主似乎全然忘却了他还在澡塘里，不大一会儿，自己先从澡塘里走出来，把妻子的衣裳摊开放在通往澡塘的台阶上。从贴身衬衣到短外褂，统统把袖子一层层套好，然后从温泉里把妻子抱了上来。她被丈夫倒扛在肩头，依然像聪明的小猫似的把手脚缩了起来。她那圆圆的膝头，活像戒指上的蛋白石。鸟店主让她坐在摊在石阶上的衣服上，用中指抬起她的下巴颏，揩了揩喉部周围，再用梳子将她两鬓的短发拢了上去，然后用衣服把她的整个身子包裹起来，恍如用花瓣把赤裸的花蕊包裹起来似的。

鸟店主替妻子系上腰带之后，轻轻地将她背了起来，沿着河滩走回家里。河滩上早已洒满了微亮的月光。与其说鸟店主那两条划着半圆形支撑着妻子的胳膊粗笨，莫如说她在那两条胳膊下摇晃着的白皙的腿显得更加小巧玲珑。

他目送着鸟店主的背影，温热的泪水不由得扑簌簌地滚落在温泉里。不知不觉间，他以诚挚的心情念叨道：

"神在。"

他明白了，认为自己使她不幸的这种想法是错误的。他明白了，这是一种不自量力的想法。他明白了，人是不能使别人陷于什么不幸的。他明白了，请求她宽恕之类的做法也是错误的。他明白了，由于伤害人而站在高处的人，向由于受伤害而站在低处的人请求宽恕，这是一种骄横的心理。他也明白了，人是不能伤害别人的。

"神啊，宽恕我吧！"

他抱着一种仿佛漂流在淙淙流水声上的心情，听见了溪上的淙淙流水声。

合掌

一

浪声高涨了。他掀开了窗帘。果然，海面上有一片渔火。不过，看上去比刚才更遥远了。而且，海上在降雾了。

他回头看了看床铺，不禁吓得打了个寒战。因为只有一张洁白的被单平展地摊开着。

莫非新娘子的躯体陷进柔软的褥垫里了？床铺没有一点鼓起，只有头部枕在宽大的枕上，隆了起来。

白色的床铺，令人感到恍如落在月光中的一张白纸。于是，掀开了帘子的窗忽然有点可怖。他把窗帘放了下来，然后，向床铺走去。

他将胳膊肘支在枕头的装饰物上，久久地凝视着新娘子的脸，手扶床脚轻快地滑落下来，跪坐在地上，把额头贴在圆铁床脚上。金属的冰凉，渗进了他的额头。

他肃静地合掌了。

"真讨厌，真讨厌！简直把我当死人看待了嘛。"

他猛然站起来，涨红着脸。

"你醒着哪？"

"我一点也没睡啊，净做梦啦。"

新娘子像弓一般挺起胸脯望着他。这一刹那，洁白的被单暖乎乎地隆起，活动了。他轻轻地拍了拍被单。

"海上降雾啦。"

"刚才的船儿大概都回去了吧？"

"那艘船儿还在海面上呢。"

"不是在起雾吗？"

"是薄雾，大概不要紧的。好了，休息吧。"

他将一只手放在洁白的被单上，把嘴唇伸了过去。

"真讨厌！我一醒来你就这样做，我一睡着你就把我当死人。"

二

合掌是他童年时代养成的习惯。

幼失怙恃的他与祖父两人相依为命，住在山区的镇子上。祖父双目失明。祖父总爱把幼小的孙儿领到佛坛前，然后摸索着孙儿的小手，让他合起掌来，再将自己的手贴在孙儿的手上，成了双重合掌。孙儿心想，这是一双多么冰凉的手啊！

孙儿生性顽固，常不讲理，惹得祖父直哭。每次祖父都把山庙的和尚请来。和尚一来，孙儿就安静下来，祖父不知是不是这个缘故。反正和尚每次来都端坐在孙儿面前，一边闭目一边庄严合掌。孙儿看见合掌，就感到一阵寒气爬上心头。和尚回去以后，他冲着祖父静静地合起掌来了。双目失明的祖父是看不见他的合掌动作的。祖父徒然地睁着一双白眼。但是就在这时，孙儿感到心灵被洗净了。

就是这样，他相信了合掌的威力。在这同时，失去亲人的他受到了许多人的照顾，对许多人犯了罪。他就是在这样的环境中成长的。不过，依照他的脾气，有两件事是不愿为之的，那就是不当面致谢、不当面求饶。所以在别人家里，他焦急地等待上床的时间，像每晚一样几乎都合掌了。他确信谁都会理解自己没有说出来的心情。

三

梧桐树的树荫下，石榴花如灯火似的绽开了。

不久，鸽子从松林飞回书斋的房檐下。

又过不久，在梅雨期的晴天里，月光的足迹在夜风中摇曳。

从白天到黑夜，他一动不动地坐在窗边上，并且在合掌祈祷召唤他的妻子。他的妻子只留下一张简单的字条，就逃到她昔日的情人那里去了。

耳朵渐渐清澈起来了。他仿佛听见千余米之外副站长在车站上的笛声。传来无数人的脚步声，好像是远处的雨声。于是，妻子的姿影便浮现在他的脑海里。

他走到足足凝视了半天的白色的路上。妻子正在那儿漫步。

"喂！"

他拍了一下妻子的肩膀。

妻子呆然望着他。

"你好好地回来了。只要你回来就太好了。"

妻子像要依在他的身上，她的眼睫毛擦着他的肩膀。

他一边平静地步行一边说：

"刚才你坐在车站的长凳上咬着伞把吧？"

"哎哟，你看见了？"

"看见了。"

"你就一直不吭声？"

"不，我是从家里的窗口看见的。"

"真的？"

"因为看见了，所以才来接你的嘛。"

"真是令人毛骨悚然啊。"

"只觉得毛骨悚然吗？"

"不！"

"你在八点半才想到回家来的吧。连这一点，我都一清二楚呢。"

"够了……我早就死了。曾记得我嫁过来的那天晚上，你就像是把我当死人一样合掌膜拜。那时候，我已经死了。"

"那时候？"

"我哪儿也不去啦。真对不起。"

这时，他为了考验自己的力量，生起了一种欲望：但愿能同天下的所有女子都结成眷属，对着她们合掌祷告。

屋顶金鱼

千代子的床上，枕边放着一面带有饰物的大镜子。

每天晚上，她松开发结，把脸埋在洁白的枕上时，总要平和地凝视一下这面镜子。于是，镜子里浮现出三四十尾狮子头金鱼，像是沉在水缸底的红色假花。有时候，同金鱼一起映现出一弯月亮。

但是，月亮不是透过窗口照射在镜子上的。千代子所看到的，是落在屋顶花园贮水槽里的月影。镜子是一面幻觉的银幕。由于这锐利的视觉的影响，她的精神犹如留声机的唱针不断地磨损。她不能离开这张床，并且要在这张床上郁闷地衰老下去。唯有松散在洁白枕上的黑发，永远地留下丰富而又有生机的痕迹。

一天夜里，一只蚂蛉从桃花心木的镜边悄悄地爬了上来。她一跃而起，猛力叩击父亲卧室的门扉。

"爸爸，爸爸，爸爸！"

她用苍白的手拽着父亲的和服袖子，跑上了屋顶花园。

贮水槽里漂浮着一尾死狮子头，腆着妊娠怪胎般的大肚子。

"爸爸，对不起啊。能原谅我吗？啊，不原谅吗？晚上我不睡觉来看守……"

父亲不言语，沿着六只并排的恍如六具死人棺木的贮水槽环绕一圈，察看了一遍。

父亲从北京回来以后，就在屋顶花园上建造了贮水槽，开始养起兰寿金鱼。

他长年在北京同小妾在一起。千代子就是这小妾的孩子。

千代子十六岁上才返回日本。正值严冬。在破旧的日本房子里乱堆着从北京带回来的桌椅。同父异母的姐姐坐在椅子上。千代子跪坐在姐姐跟前的榻榻米上，抬头仰望着姐姐。

"我很快就要出嫁，好虽好，可千代子你不是父亲的亲生孩子，你既然来到这个家伺候我的母亲，就一定不要忘记这一点。"

千代子有点自卑，把头耷拉下来。姐姐将两只脚架在她的肩上，用脚趾拨弄着她的下巴颏，企图让她抬起头来。她抱着姐姐的脚哭了。搂抱的当儿，姐姐的脚滑到了她的怀里。

"啊，真暖和。给我把布袜子脱掉暖暖脚！"

她一边哭泣，一边解开怀里姐姐的布袜子上的别扣，把冰冷的脚丫紧紧地抱住，贴在自己的乳房上。

不久，日本房子改建成了洋房。父亲在屋顶花园上并排安置了六个贮水槽饲养金鱼，从早到晚他一直待在屋顶上。要么从全国邀来金鱼专家，要么携带金鱼旅行一两百里参加远方的大会。

不知从什么时候起，照料金鱼的任务落在千代子的肩上。她天天都忧忧郁郁，一味呆望着金鱼。

她的母亲返回日本后分居别处，这时候严重的歇斯底里发作了。一镇静下来，就阴森森的沉默不语。她的轮廓之美，不逊于在北京的时候。可是，皮肤的颜色发黑得叫人害怕。

许多出入父亲家中的青年都表示想成为千代子的情人。她对这些青年说：

"请把红虫拿来，我要喂金鱼。"

"在哪儿？"

"在水沟里就可以找到嘛。"

每天夜里，她都凝视着镜子，忧郁地衰老下去，她已是二十六岁了。

父亲辞世，遗嘱的封口打开了——上面写着，千代子不是自己的孩子。

她跑回自己的寝室里痛哭了一场。望见枕边的镜子，她就"哇"地喊了一声，两步并做一步地跑到屋顶花园去了。

不知什么时候来的，也不知打哪儿来，她的母亲挂着一张黝黑的脸，已经伫立在贮水槽旁边了，嘴里塞满了狮子头金鱼。大金鱼尾活像舌头似的从嘴里耷拉下来。看见女儿，她也佯装不认识，只顾狼吞虎咽地吃着金鱼。

"啊，爸爸！"

姑娘一边喊叫，一边痛打母亲。母亲翻倒在装饰砖上，嘴里衔着金鱼死去了。

就这样，千代子从父母的一切束缚中解放出来。她重新恢复了美丽的青春，重新开始了幸福的生涯。

早晨的趾甲

一个穷姑娘租了穷人家的二楼居住，在等待同恋人结婚。然而，每晚都有不同的男人相继到姑娘这儿来。这是朝阳照射不到的房间。姑娘常常蹬着底子都磨平了的男人的木屐，在后门洗涮衣服。

夜间，男人们都肯定会说：

"怎么，连蚊帐也没有吗？"

"对不起。我会通宵给您驱蚊子的，请多包涵。"

姑娘怯怯地把绿蚊香点燃，然后熄灭了电灯。她一边凝望着蚊香的小火点，一边回忆起童年的往事，而且用团扇不停地给男人扇扇子，不断地做着挥动团扇的梦。

已是初秋时分了。一位老人难得地登上了这贫穷的二楼。

"不挂蚊帐吗？"

"对不起。我会通宵给您驱蚊子的，请多包涵。"

"是吗？请等一等。"

说着，老人站起来就要走，姑娘紧追不放。

"我会一夜不睡地给您驱蚊子的，直到天亮。"

"嗯，我马上回来。"

老人下了楼梯。电灯依然亮着，姑娘焚烧了蚊香。在明亮的地方，独自一人也就无法回忆起童年的往事了。

约莫过了一个小时的光景，老人折回来了。姑娘一跃而起。

"噢，真惊人，只有蚊帐吊绳啊。"

老人把崭新的白蚊帐挂在贫穷的房间里。姑娘钻进蚊帐里，将蚊帐下摆展开，一股清爽触及肌肤的感觉，使她心潮澎湃了。

"我估计您会回来，所以没有关灯，等着您呢。我很想就这样亮着灯，仔细瞧瞧这白蚊帐。"

然而，姑娘终究落入了数月来不曾有过的沉睡。连老人早晨回去，她也不晓得。

"喂，喂，喂，喂！"

恋人的呼唤声把她惊醒了。

"明天终于可以结婚了……嗯，真是一床好蚊帐啊。光看看也会令人感觉清爽。"

话音刚落，他把蚊帐吊绳全都解了下来。而后，从蚊帐下面把姑娘拽出来，又抛到了蚊帐上。

"坐在这床蚊帐上吧。活像一朵大白莲呢。这么一来，这房间也像你一样纯洁清白啦。"

姑娘由新麻纱贴在肌肤上的触感，领略到了自己是白色的新娘。

"我要剪脚指甲呀！"

她坐在铺满一屋子的白蚊帐上，专心修剪起她那早已忘却了的长长的趾甲。

可怕的爱

他极端地爱妻子，就是说过分地爱一个女人。他认为妻子之所以年纪轻轻的就辞世，这是上天惩罚自己的爱。他只在乎关于妻子的死，除此以外，别无他想。

妻子死后，他疏远所有的女人，决定在家里也不雇用女仆。炊事、打扫都使用男仆。这不是因为他憎恨妻子以外的女人，而是在他看来，所有的女人都像是他死去的妻子。比如他觉得任何女人都同妻子一样带有鱼腥味。而且，他认为这也是自己过分爱妻子招来的苍天的惩罚，从而产生这样一个念头：必须过着没有女人气味的生活。

然而，他家中无可奈何地存在着一个女人，那就是他的女儿。她当然比世上任何女人都酷似他死去的妻子。

女儿每天上女校走读。

深夜，女儿房间的电灯还亮着。他从隔扇的缝隙往里面窥视。只见女儿拿着小剪子，支起一条腿，长时间低着头在使用剪子。第二天，女儿上学之后，他悄悄地望着那剪子的白刃，不禁因白刃的寒气而发抖。

深夜，女儿房间的电灯还亮着。他从隔扇的缝隙往里面窥视。但见女儿把床上的白布搂在一起似的，抱着走出了房间。传来了自来水的流水声。良久，女儿在火盆里生起火，把白布盖在上面，茫茫然地坐着，然后哭了起来。哭泣止住后，她就在那块白布上剪起指甲来。她挪开那块白布时，指甲掉落了下来。他闻到烧指甲发出的臭味，恶心得几乎要呕吐出来。

他做了个梦，梦见死去的妻子告诉女儿，他偷看了女儿的秘密。

女儿不想看他的脸。他并不爱女儿。他一想到有一个男人因为爱这个女人，又会遭受苍天各种惩罚的时候，不禁毛骨悚然。

终于，一天夜里，女儿用短刀架在正在酣睡的他的咽喉上。他分明知道此事，却认命地认为自己极端地爱妻子，这是过分地爱一个女人所招致的苍天的惩罚，便静静地闭着眼睛。他一边感到这是女儿为母亲报仇，一边等待着刀刃的处置。

女人

　　镇上的一个禅宗和尚，长着葫芦瓢般的秃脑袋。他对进山门的武士说：

　　"路上你看见着火了吧。"

　　"有个女人号啕痛哭，诉说着她的丈夫被火烧死了。旁观者都觉得她太可怜了。"

　　"哈哈哈，哭声是佯装的。"

　　"你说什么？"

　　"那是装哭的啊。那女人巴不得她丈夫死去呀。也许是她有了别的男人，硬把丈夫灌醉，然后同她的野男人合谋，用针扎进她丈夫的脑袋，把丈夫杀死后，放了一把火将房子烧掉的。"

　　"有什么传闻吗？"

　　"没听见什么传闻。不过，哭声未免……"

　　"所谓哭声？"

　　"活着的人，跟佛一样也有耳朵的嘛。"

　　"嗯。如果是真实的话，这女人就太可恶啰。"

　　年轻武士横眉怒目地冲出了山门。

　　良久，他挂着一副苍白的面孔回来了。

"和尚！"

"怎么样了？"

"我一刀斩成两截了。"

"哈哈哈，是吗？"

"斩是斩了，可一看见刀光闪亮，我就怀疑起和尚你的话来了。那女人死死地抱住烧得焦黑的尸体放声大哭，向我合掌施礼。她说：'请把我杀掉吧，请让我到我丈夫那儿去吧，谢谢您了。'她说罢，含着微笑归天了。"

"也许是吧。这是合乎道理的。"

"你说些什么呀？"

"我路过的时候，她装哭；你路过的时候，她是真哭吧。"

"你是个出家人，怎么暗算起人家来呢？"

"只因为你没有与佛同样的耳朵。"

"你玷污了武士的刀。怎么处理这刀上的污秽呢？"

"给你擦干净吧。"

"砍断这葫芦瓢吗？"

"又要弄脏啦。"

"那就……"

"先交给我吧。"

和尚接过刀，吆喝一声"啊"，使劲将刀投在墓地的石碑上。刀猛然扎入一块石碑里。鲜红的血从石碑上滴滴答答地流淌下来。

"啊，啊！"

"是被杀死的男人的鲜血。"

"是男人的鲜血吗？"

"是被杀死的女人的鲜血。"

"什么？你打算用妖术来作弄我吗？"

"不是妖术，是着火那家的远祖遥宗的石碑。"

武士开始哆嗦了。

"和尚，那宝刀是我祖先世代留传下来的，是把名刀。"

"把它拔出来不就行了吗？"

武士伸手拔刀，石碑倒下，刀就势折断了。光滑的青苔包裹着的石碑连半点伤痕也没有。

"哦，多么奇怪啊！"

武士一屁股蹲坐在地上，茫然地望着折断了的宝刀，这时候，和尚急匆匆地登上了大雄宝殿。

"该是诵经的时间了。"

历史

这山村，修了一条对乡村来说过于漂亮的路。这条路的目标，不是这贫寒的村庄，而是越过村庄南边的山，横穿半岛。这条路建成之时，村上就流传即将发生战争。这是一条为了把大炮和军队运往半岛南端的路。

村里人依然要越过岩石，跨过吊桥，才能到达溪边的温泉。这温泉浴场，与其说是在溪边上，莫如说是在溪流中。鹡鸰的尾巴拍打在浴场的边上。

大炮还没有通过，汽车却奔驰而来，财主也来了。老财主说他喜欢这溪流里许多岩石的纯净洁白，于是在这里修盖了别墅，从温泉源将泉水引进别墅，顺便将泉水引入村庄正中央的山桃林，建造了一个公共浴场，起了"山桃温泉"的名字。夜里山桃的果实掉落在白铁房顶上的声音，把泡在温泉里的姑娘吓得跳了起来。

沿着溪流，老人还修筑了一条小路，扩充温泉源，盖了个钢筋水泥浴池，还买了一片沿溪边上只长野菊和芒草的土地。村里人更高兴了。

而后过了十年，在距温泉源三尺远的地方，老人用炸弹爆破，开掘了一个池子，这当然是他的地盘。温泉源的山泉情况马上不佳，变得半凉不热了。老人所挖掘的池子，却像地狱的锅，温泉的热气腾腾而升。

村民除了面面相觑，还是面面相觑，遂到领受了各种恩惠的老财主那儿去。老人笑了。

"这件事，你们不用担心。我正在给村里挖温泉呢。要把温泉源建成可供千人沐浴的公共浴场。"

诚如老人所说，新的浴池是用浅蓝色的瓷砖铺成的。浴场高地成了二十叠宽的更衣场。

老人珍爱村民运来的新鲜蔬菜，还在别墅里创作了一些赞美这溪流的风景的汉诗和俳句。古老的温泉源最后被椎树的落叶完全埋没了。

老人辞世后，村里人为他立了纪念碑。举行纪念碑揭幕式的时候，老人的儿子来了。不到半月，他开始兴建起温泉旅馆，强行夺了公共浴场，把它圈在石墙内，变成旅馆内的温泉澡堂了。

村民们又面面相觑了。老人的儿子报以冷笑。村民说：

"他不像他的父亲。他是鬼！连老爷的心意都不懂……"

"嗯，我是我父亲的儿子，只是不像父亲，我不是个熊蛋包！多亏我没有像父亲那样欺诈，就把事情了结了。"

"太过分了……连在老爷修建的路上走，都不愿意了。"

"小人之辈。这是条充其量只能通自行车的路。倘使这才知道修这条路的意向而感到震惊的话，那么，就请现在睁大眼睛，好好想一想修这条可通汽车的路的意图吧！"

马美人

"世界上再也没有像我这样慷慨的好人啦！我把丈夫都给了别人，哈哈哈……"

母亲摇晃着木桶般的便便大腹，放声大笑起来。就是想伤心，大腹也不会答应，因为腹内装着无数的明亮气球，把心脏都轻轻托起了。

"世界上再没有像我这样慷慨的好人啦！我把女儿、马和房子都给了别人。"

父亲也会这样说。他和小妾一起，住在村庄尽头的一间小房子里。

却说母亲的房子坐落在原野上，房后的竹林翩翩舞起阳光的微波。檐下悬着的玉米，给破旧的房屋挂上了灯火。院子里绽开着大波斯菊。白公鸡在大波斯菊地里扑打着翅膀，像要把纤弱的花茎铲个七零八落。

马棚里的马，在假花似的花团上方，无精打采地探出头来。丈夫连马也留下来，走了。这个家里饲养了马，所以村里的年轻人都将这家的姑娘叫作"马美人"，即叫作"巴比金"[1]。

---

[1] "马美人"的日语读音。

十六岁上，马美人就与男人私通了。

这村子里只有两只像光一样滴溜溜转动的眸子。这两只眸子都是马美人所有的。而且，两只眸子都是乌黑乌黑的。却说她的嗓音，像男人一般粗，像损伤了嗓门的大力士一般粗。同时随着年龄的增长，她越来越像男人了。但是对马美人来说，也许越来越像男人这件事，反而使她更像女人。从她惹得村里的年轻人不得安宁，就可以明白这一点了。

五月的一个早晨，马美人和她的母亲下水田里干活。母亲扶着马拉的犁把向前走。犁把活动了，无法深耕。看见这般情景的姑娘，活像一匹惊马，跳入了水田里，"吧嗒"溅了一身泥浆。

"笨蛋！"姑娘扇了母亲一记耳光，"都干了些什么呀！叫你翻地，不是叫你摸水！翻地！"

捂着双颊站立着的母亲，被右手上向前移动的犁拽住，踉踉跄跄地走了起来，同时摇晃着便便大腹。她比和她的丈夫分手时更加寂寞了。她一边笑一边对贴邻水田里的村民说：

"俺家的姑娘有好几个女婿呢。可是姑娘的小媳妇，就俺一个人，实在受不了啊！"

据说母亲要到父亲的家里去。父亲苦于债务，把她的房子和马全部交给了别人。于是他就同小妾分手了。

月光皎洁，带着声响，使原野上的房子都沉浸在蓝色的光辉里。

母亲的便便大腹，有点松弛，安详地满载着她明日前往丈夫家的梦。马美人蓦地从床上坐了起来，向母亲的腹部唾了一口唾沫。

而后，马美人纵身跨上了马房里的无鞍马，马蹄践踏着大波斯菊。在月光下，马蹄声声，把波斯菊踩踏得七零八落，恍如黑色的流星，沿着白色的街道向南边的山上一溜烟似的疾驰而去……

一个村民说：

"据说她在港口把马儿卖掉，乘船到情人那儿去了。"

据她母亲说：

"姑娘本是俺家当家的，连她都要追情人去了吗？"

据父亲说：

"什么马美人，都是这个绰号给叫坏了，所以就骑上俺卖掉的马儿逃之夭夭了。"

又据一个年轻人说：

"我看见了，马美人连同马儿一起，像箭一般从山顶向天空的月亮飞驰而去。"

处女作作祟

一高的《校友会杂志》刊登了题为《千代》的小说。这是我的处女作。

那时节，一高的文科生之间流行到三越和白木屋的餐厅去争女招待之风。我们每天都到这些百货公司的餐厅喝喝咖啡，吃吃年糕小豆汤，泡上两三个钟头。在难待的地方偏要待得时间长些，来"试试胆量"。我们按一个不知其名的女招待胸前的号码，用德语呼唤她。我们把这个大眼睛、体质虚弱、脸色苍白的少女比作花牌，称呼她"青丹"。三越的十六号（晞契）和白木屋的九号（奈恩）是最受我们欢迎的中心人物。我对友人松本这么说道：

"只要我拎着书包，她就会以为我放学回家，以为我们的家是同一方向，这也不奇怪。而且，我一直跟着她走到她家，也安然无事。"

头一天，我拎着书包等候白木屋的下班时间。我和九号同乘了一辆电车。她在金杉桥下了车。我看见她换乘开往目黑的电车，就乘了下一辆开往天现寺的。前一辆电车消失以后，我不知该在什么地方倒车。待回过神来，这才意识到已向在秋日夕阳映照下的郊区奔驰了。

翌日，我当然也去日本桥看看，只见一个拎着书包的一高学生呆然地伫立在白木屋前。原来是松本。我哈哈大笑，跌跌撞撞地绕到后街，上丸善书店看新书去了。

我焦灼地等待松本回到宿舍，就把他拽到茶点部去。据说他和九号在同一个地方下车后，与她攀谈起来。她说着"请到我家和家母去说吧"，就让他钻进了自己的雨伞下。她家原来是麻布十号后街的那家肮脏的饼干铺，有母亲和弟弟。她母亲说，我女儿已经订婚，未婚夫在医学院走读。据说她名叫古村千代子。

所以，我把没能交给她的写了十页稿纸的情书撕碎，写了一篇题为《千代》的小说。小说梗概是：

……田中千代松曾两次到中学宿舍来访我，让我用自己的名义将祖父的借款字据改写一份，还要我把迄今的利息加本金的归还期限定在当年十二月。我最害怕让同学们听见和看见，所以不能同他争辩。于是，我从舍监室拿来一张格纸，悄悄地立下了一张字据。不仅我的亲戚们，甚至连村里人都说："首先，让一个未成年的人立字据，无异于立一张废纸，何况追到学生宿舍里让孩子干这种事，未免太可怜了。"还说千代松是个鬼。大概是出于道歉的意思吧，他对失去亲人的我表示了种种善意。

千代松的女儿忽然给一高学生宿舍寄了一封信，说是遵照父亲的遗嘱，送上五十元钱。我想，千代松临终还在为那件事苦恼吗？觉得他怪可怜的。

我用这笔钱去伊豆旅行了。于是，我恋上了巡回演出的舞女。她名叫千代。千代松和千代。千代松的女儿也叫千代。

后来，回到东京，我又有了新的情人。这姑娘的名字也是千代。千代松的女儿依旧给我来信。我很害怕。我真想同不叫千代的女子谈恋爱。可是，后来我先后同几个女孩子谈过恋爱，她们无一不自报："我是千代子。"这是千代松的鬼魂在作祟……

第三个千代的原型是白木屋的九号。她叫古村千代子。我不过写过一篇《千代》的小说而已。不料这篇处女作竟在作祟。

《校友会杂志》刊出这篇作品不到一周，在学校图书馆里，我脸色刷白。我看到《大阪新闻》的一个角落上出现了我的村庄的名字，我读了一遍。报道说："堀山岩男发疯，把妻子和儿子杀死以后，自己在小仓库里自缢身亡。"岩男就是千代松的原型。那样一个稳重的男子竟然……我不禁毛骨悚然。

"我不曾诅咒过他，也不曾憎恨过他。"

在小说里，我只是写了他因病与世长辞。

其后，我回到村子里探询，才听说：

"千代多亏手里拿着刀才得救，可四只指头散落在地上了。"

十二年后，我同一个新的少女恋爱了。她叫佐山千代子。我同她订婚才两个月，这段时间里，不吉利的天变地异接踵而至。我本想去谈谈结婚的问题，可我乘坐的火车轧死人了。先前我和她相会的长良川畔的旅馆，也因暴风雨将二楼刮倒而停止营业。

"前些日子，一个与我同龄、身世又相仿的姑娘从这里投河自尽了。"千代子倚在长良桥的栏杆上，边说边凝视着河流。归途中，我因服用了近乎毒药的安眠药，从东京站的台阶上摔滚了下来。为征求她父亲的同意，我赶到了东北的市镇。到了那里，正遇上流行有史以来最可怕的伤寒病。小学都放假了。回到上野站，出现了原敬在东京站遭暗杀的号外。原敬夫人的出生地就是千代子的父亲居住的这个市镇。

"我家前面的伞铺姑娘，同店铺的一个年轻人相爱，可是一个月前这年轻人猝然死去，姑娘渐渐模仿这年轻人的口吻说话，她疯了，昨天也告别了人间。"千代子在信上写了这段话。岐阜市的六个中学男生和六个女生破天荒地抱团私奔了。我搬到为了迎接她而租用的房间里，房东让我读了一份晚报。报上刊登着，横滨扇町的千代子因自己生于丙午年而悲观自杀了，千代太郎在巢鸭自杀了。我把摆在房间壁龛里的日本刀拔了出来，看见闪耀的光，蓦然想起散落在地上的岩男的儿子的指头来。岐阜下了一场六十年来最大的雪。然后，然后……

这样的事重重叠叠地出现，我的爱慕之情就越发炽烈，然而千代子逃跑了。

不过，她来到东京当上了咖啡馆的女招待。在那里，她成了把咖啡馆搅得乌烟瘴气的暴力团伙动刀动枪的中心人物。每次来到这咖啡馆，我都会遇见这样一些人：有的被刀砍得鲜血淋淋，有的被抛出去，骨骼挫伤了，还有的被勒住脖颈昏倒在地。千代子呆立着。此后她从我的目光中消失了两三次，还不可思议地两三次将她的住处告诉了我。

两三年后大地震时，我目睹半个东京几乎被火海吞没，第一个念头就是：

"啊，千代子逃到哪儿去了？"

我拎着水壶和饼干袋，在荒芜了整整一周的大街上行走，发现本乡区公所的门上张贴着一张字条，上面写着："佐山千代子，请到市外淀桥柏木三七一号井上先生家来。加藤。"

我看完这字条，一阵钻心的痛，腿脚也变得沉重，就地蹲了下来。

今年是佐山千代子销声匿迹的第三个年头，秋冬两季，我都住在伊豆山上，当地人前来给我做媒。对方是就读于东京文光学园高等部的才女，人品高尚，容貌平常，脸上镶嵌着一双美丽的眼睛，聪明伶俐，纯朴诚挚。她是某造纸公司科长的长女，丙午年生，二十一岁，名叫佐山千代子。

"丙午年生的佐山千代子？！"

"嗯，佐山千代子。"

"要，当然要！"

两三天后，东京的朋友来告诉我说：佐山千代子又在咖啡馆里出现了。

"如今千代子二十一岁，脸颊稍胖，高个子，简直像一个美貌的女王。你呀，得有勇气到东京去再同她较量一番。"

接着，他又告诉我，她读了我仅有的一部短篇小说集，还看了唯一一部由我写的剧本拍成的电影，这样那样地评头品足，并一个劲地煽动我，而后又补充了一句：

"她还说：'我的一生是很不幸的啊！'"

不幸是很平常的。她也让我的处女作作祟了。

又逝去一周，登上这座山的一个新作家抽冷子说道：

"传闻说你找到了初恋的人，我还以为你已经乘车返回东京了呢。"

"哦？！成了这么个传闻吗？"

我呆若木鸡。一会儿，他又一本正经地说：

"唯独处女作应该写得明朗些、幸福些，如同人应该祝福他的诞生一样。"

我真想这么说：

"那女子的事，在处女作中我早就预言过，仿佛把她的命运给拴住了。"

好歹处女作作祟以来，我才懂得艺术创造的可怕。在作品里，我写的人物的名称、事件或地点的选择，犹如我降生到这个世界上来一样，是偶然的，又是必然的。纵令我成了一个略带宿命论的神秘主义者，也请认为这是我的处女作作祟的结果。因为我的笔，拥有不仅能支配自己，甚至也能支配他人的命运的魔力。

骏河少女

"啊——啊！啊！我们也希望就在御殿场的附近啊。要走一个半小时的路程啊！"

这是火车抵达御殿场的时刻。这个女学生抬起双膝，活像一只小蚱蜢，刚以为她要踢客车的地板，却只见她把脸紧紧贴在车窗上，目送着从月台上投来天真的注目礼的同学们，说了这么一句话，像要把寂寞的心绪驱散似的。

在御殿场站，这趟列车顿时变得寂静了。不是乘快车而是乘普通列车进行长途旅行的人都知道，一到上午七八点钟、下午两三点钟，列车都会满载着花束。一群乘坐火车走读的女学生，给客车车厢带来了一派多么明朗欢快的气氛。这种繁花似锦的时刻，又是多么短暂啊。十分钟后，五十个少女将在下一站一个不剩地走光。然而，在乘坐火车的旅途中，我却能与这么多县份的少女邂逅，并留下了印象。

不过，此刻我不是在长途旅行，而是从伊豆到东京。那时候我住在伊豆山中。从伊豆到三岛站倒乘东海道线火车，我乘的这趟列车总是正好在这个如花似锦的时间运行。乘车的人大都是沼津女校的学生和三岛女校的学生。我一个月要去东京一两次，这一年半的时间里，这群少女给我留下印象的就有二十余人。她们使我想起了当年上中学乘火车走读的心情。最后我连这些少女大体上乘坐第几节车厢也都记住了。

当时我也是乘坐倒数第二节车厢。少女所说的一个半钟头的路程，是指从沼津站到骏河站这段路程。她是骏河少女。凡是乘火车越过箱根的人都知道吧，骏河这座城市，山川对面有座大纺织厂，这纺织厂的女工常常从窗口或庭院冲着火车挥舞白布。这少女大概是纺织公司的技师或是什么人的千金吧。她有个习惯，总爱坐在倒数第二节车厢里。她是最美丽、最快活的。

每天来回两次乘坐一个半小时的火车，她像小鹿般的身体简直无法经受得了这样漫长的旅途，而且一到冬季，天蒙蒙亮就得从家里出来，天擦黑才能回家。这趟列车到达骏河是五时十八分，但从我的角度来说，即使一个半小时也嫌太短了。我似看非看地注视着她，她要么聊天或同坐得稍远些的朋友开玩笑，要么从书包里掏出课本来翻阅或编织毛线。对我来说，时间未免太短暂。况且，距离到达御殿场站只有最后的二十几分钟了。

我和她一样，都目送着向雨中的月台走去的女学生们。时令已是十二月，电灯被打得湿漉漉的，在微暗中闪闪发光。远方黑魆魆的山上，山火的光鲜明地浮现了出来。

少女一改之前的快活常态，开始同友人认真而悄声地对话。她将于明年三月毕业，然后准备进东京女子大学。她就是在同友人商量这件事。

列车抵达骏河，女学生们在这里一个不剩地下了车。我把脸贴在玻璃车窗上目送着她们。窗外下着大雨。少女从车厢走出来时，一个姑娘边喊"小姐"边跑了过来，粗鲁地拥抱住她，不是吗？

"哟！"

"我等你来着。我本来可以乘两点的火车前去的。尽管这样，我还是想来见见小姐……"

而后，这两位少女打着雨伞，脸颊贴脸颊像要亲吻似的，竞相说个不停，仿佛忘却了天还在下雨呢。发车的笛声响了。姑娘连忙跳上了列车，从窗口探出头来。

"我去东京就能见面吧？请到我们学校宿舍里来！"

"我去不了啊！"

"啊，为什么？"

两人各自挂着一副悲伤的脸孔。姑娘似乎是纺织公司的女工。大概是辞掉公司的工作到东京去吧，她为了同这个女学生相会，在车站足足等了近三个小时。

"东京再见吧。"

"嗯。"

"再见！"

"再见！"

雨，把女工的肩膀打得湿漉漉的。女学生的肩膀大概也是这样吧。

神骨

　　某郊区电车公司的常务董事笠原精一、历史剧电影演员高村时十郎、P市私立医科大学学生辻井守雄、广东餐厅老板佐久间辨治，还有另一位，分别收到了青鹭冷饮店女招待弓子寄来的一封内容相同的信。

　　兹送上骨灰一份。这是神的御骨。婴儿只活了一天半。生下来就不健康，我茫然地望着护士抓住婴儿的双脚，倒提着摇晃起来的情景。婴儿好不容易才哭出声来。据说，昨天中午婴儿打了两个哈欠，就死去了。不过，邻床的婴儿在母胎只待了七个月，一出世，尿了泡尿也就夭折了。

　　婴儿不像任何人，一点也不像我，简直像个美丽的偶人。可以把她想象成人世间最可爱的人。正因为这样，她毫无特征，也毫无缺点，除了那鼓鼓的脸颊和死后凝聚着淡淡血色的紧闭的双唇以外，我什么也想不起来了。护士们都赞不绝口，说：多么可爱的白皙的婴儿啊！

　　尽管我觉得婴儿体弱，活下来终归会招致不幸，与其如此，不如连口奶也没喝，连笑也没笑就死去反而更好些。然而，这孩子谁也不像地生了下来。我觉得太可怜，便哭了起来。或许在孩子的心里，不，在胎儿的心里，早已怀着"可不能像任何人"的可怜想法，才来到这个世界上的吧。也或许胎儿在想，在等自己的脸长得像谁之前就该死去，这样她才离开这人世间的吧。

你，不，我可以明确地说是你们，你们明知过去我有成百上千的男人，也把这当作马路上的无数木砖，视而不见。然而，我意外怀胎了，你们又何必如此大惊小怪。你们总搬出男人用来窥视女人秘密的大显微镜来……

这是老早以前的故事，据说白隐和尚曾经指着野女人的婴儿说"这是我的孩子"，就把婴儿抱了起来。我的婴儿也得到了神的保佑。胎儿在我腹中悲伤地沉思：自己究竟该像谁才好呢？神对胎儿说："可怜的孩子，你像我，生成神的容姿吧。你是人的孩子啊！"

因此，面对着可怜的赤子的一片心，我无法说出我希望婴儿像谁才好。于是，我把骨灰分别寄给你们了。

常务董事慌忙将这小白纸包揣在兜里，上了汽车，悄悄地把它打开瞅了瞅。回到公司里，他把美貌的女打字员叫到自己跟前，想劝她抽支香烟，不料从兜里将幸福牌香烟连同骨灰一起掏了出来。

餐厅老板一味嗅着骨灰的气味，打开了保险柜，将准备存入银行的昨天的货款拿出来，同白纸包调换了。

医科大学学生坐在国营电车上，车厢一摇一晃，他碰到好像白丁香般的女学生坚实的腰部，把自己兜里的婴儿骨灰碰碎了，煽起了要娶这女学生为妻的活生生的思绪。

电影演员把骨灰放在装避孕套一类东西的秘密袋子里，赶快拍电影去了。

一个月后，笠原精一来到青鹭冷饮店，对弓子说：

"那些骨灰，恐怕要供在庙里吧。你为什么带着它呢？"

"哎哟，我，我已经全部分给大家了，怎么可能带着它呢？"

夜市的微笑

我停下了脚步。上野大街一到夜间的固定时间，本是关闭博物馆门扉的。博物馆的大门紧闭之后约莫两个小时了吧，我背向门扉，在露天的焰火摊和眼镜摊前停下了脚步。从傍晚开始人声杂沓的景象映入了眼帘，我感到正在行走的博物馆和夜市之间拥有一定宽度的人行道格外宽阔，仿佛让人有所顾忌似的。每当一个晚归的人影走过去，洒过水的土地的颜色就会变得更加黝黑，人们丢弃的纸屑就会显得更加雪白。夜已深了。一辆收拾了夜摊的车开走了。焰火摊位上一排排地摆着裸露的线香焰火，还有诸如彩色纸袋装的东牡丹、花车、地雷火，彩色纸盒装的雪月花、三色松叶等。眼镜摊位上摆满了老花眼镜、近视眼镜、有色眼镜、花哨眼镜，其中有镀金的，还有金、银、赤铜、铁、玳瑁等镶边的，有双筒望远镜、防尘镜、潜水镜、放大镜等。然而，我并不是在看焰火或眼镜。

焰火摊位和眼镜摊位之间相距三尺，卖焰火的和卖眼镜的，舍弃眼前已无顾客的摊位，同时向这三尺的间隔靠拢，蹲了下来。不，我知道如果说卖眼镜的靠过来两尺的话，那么卖焰火的就靠过来一尺。卖焰火的姑娘似乎连人带看摊位坐的凳子也一起挪动过来，可是卖眼镜的男子却干脆把凳子撇在摊位后面。

那男子踮起脚后跟，用脚尖支撑着身体，叉开双脚，托着猫着腰的上身重量的左胳膊肘紧紧压在左膝头上，然后将握住短竹屐的右手耷拉在双脚之间，专心致志地在黑乎乎的地面上写字。

　　姑娘一心望着男子写的字，并且从第一个字读起。她坐着的凳子很矮，凳腿插入她穿着的木屐的空当。在她抻直双腿、膝盖稍微隔开的瞬间，她的围裙就垂了下来。她的上身倾斜，让人感到她那瘦削胸脯上的小乳房一动一动地被压在膝头上，她的双手从膝上绕了一圈，而后把圆圆的掌心朝上，轻轻地放在脚背上。粗花样的单和服有点汗污，桃瓣形发型的发根稍稍松弛。由于乳房托在稍稍离开的双膝上，所以后脖领子绕在肌肤上，但胸膛却微微敞开着。

　　我伫立着，望着他们两人的姿影和在地上移动着的竹屐。尽管他们的姿态只需瞧上一眼就能描绘下来，但是竹屐所写的字是无法读得到的。卖眼镜的绝不是把写了的字当场就抹掉，而是一次又一次地在先前的字上继续写。卖焰火的姑娘大概识字吧。地面上的字把某种意思完整地表现出来时，他们俩忽然情不自禁地抬起头来，轻轻地相望一眼。但是，在他们勉强地彼此微笑，或用眼睛和嘴巴说话之后，姑娘就把目光落在地面上，那男子又开始写字了。卖焰火的姑娘生长在小工商业区的贫苦家庭里，她的腰身和手指都很纤细。不过，幸福的是她的个子似乎比她的年龄长得还快，使她苗壮成长起来。

　　那男子刚写了三四个新字，姑娘忽然欠起腰身，抽冷子把原先放在脚背上的左手伸过去，企图把男子手中的笔夺过来。男子麻利地将手闪开，他们的视线碰撞在一起。然而，双方都不言语，连脸上也没有露出新的表情，多么奇怪啊。姑娘把伸出去的手又老老实实地放回脚背上。男子闪开的手和踮起的脚后跟又回到了原位。不过，他不打算再踮起脚后跟，而是把双脚又得更大，又要再写新字。这回字还没写成，姑娘闪电般地伸出了左手。但是，男子的手闪得更快。卖焰火的姑娘有些灰心，又老老实实地把手放到原来的位置上。还原是还原了，但就在她把手放回脚背上的瞬间，她忽然往斜上方抬起脸来，不料竟碰上了我的视线。她无意识地冲着我微微一笑，我也无意识地回报了微笑。

卖焰火的姑娘这一微笑，竟是通往我心中的微笑。投在观望着他们两人的姿影和举止的我心上的微笑，原封不动地被姑娘所引诱，忽然浮现在我的脸上，这是天真的微笑。

那男子也被姑娘的视线所吸引，望了望我。他龇牙笑了笑，露出一副狡猾的样子，旋即又挂着一副僵硬的表情。我蓦地觉得扫兴极了。于是，姑娘的脸儿绯红，她将左手举到桃瓣形发型上，做着整理头发的样子。胳膊上的衣袖把她的脸掩盖住了。这些动作几乎是在姑娘第二次想从男子手中把竹屐夺过来，把手伸出去之后的一瞬间完成的。我虽然对卖眼镜的男子投来的带有恶意的目光有点抵触，但又对自己偷看了别人的秘密感到难为情，于是转身走开了。

卖眼镜的，难怪你不高兴。也许你不知道，卖焰火的姑娘用和服袖遮住绯红的脸，可能是由于你的缘故，但你被我偷走了一个冲着夜市的微笑。当然，你们即使彼此相望，却几乎没有表情，而你只顾一心写字。姑娘的微笑本应是冲着你的，如果我连看都没有看一眼的话，你也会用与姑娘同样的微笑来回报她吧。然而，即使能避开人们的耳目，赶在焰火摊的父亲或兄长来迎接姑娘之前，在那个瞬间，你会不会在像姑娘那样天真地微笑后，不露出那副龇牙笑的狡猾样子和僵硬的表情呢？虽说这是做买卖的习性，可是你那心灵的眼镜会模糊扭曲的啊。但是明日的夜间、后天的夜间也会有的啊，那就请你写上几千几亿个字，一直挖掘到地底下吧。

　　卖焰火的、左撇子的姑娘，虽然你这样也不错，不过，卖眼镜的小伙子用竹屐写出几千几亿个字，越抠越深地抠成井底，你还是一心一意地看下去，会不会看得眼花而掉入井中呢？我当然不可能知道，你是掉进井里去好呢，还是小心别掉进去好。那么，相随而来的父兄拖着车子行走在夜深人静的大街上，一边考虑着卖眼镜的小伙子的事，一边拖着沉重的脚步回家，这样可能会好些吧。或者倒不如死心塌地地将你摊子上摆出来的，诸如东牡丹、花车、地雷火、雪月花、三色松叶等为数众多的焰火一齐点燃，让焰火在寂寞深夜的大街上绽放出美丽的火花，成为火之国，这样如何呢？这么一来，也许卖眼镜的会意料不到地吓得魂不附体，拔腿就逃了呢。

不笑的男人

　　蓝色的天空忽地转浓了，犹如美丽的青瓷器的肌肤。我躺在被窝里，远眺鸭川的流水渐渐染上了朝霞的色彩。

　　十天后，这回主演电影的演员要参加舞台演出，所以必须用约莫一周的时间拍片子。我只是作为作者无牵无挂地在场观看，可是嘴唇发干皲裂，站在白晃晃的炽热的水银灯旁，疲乏得几乎睁不开眼睛。而且，每晚都熬到凌晨星消时分才回到旅馆住处。

　　蓝色的天空使我神清气爽，是一种仿佛要产生美丽幻想的心情。

　　首先是四条街的景物在脑际浮现出来。头天我在大桥附近的菊水西餐馆用过午餐。透过三楼的窗口，可以望及东山的林木一片悠悠绿韵。从四条街正中央望去，山峦就呈现在眼前——这是自然的事，然而从东京来的我却感到很新鲜，不免有点惊讶。其次是在古董店橱窗里看到的面具也在脑际浮现出来。这是从前的微笑的假面具。

　　"好极了。终归还是发现了美丽的幻想。"

　　我自言自语，满心喜悦地把稿纸拿到跟前，然后把这幻想写成文字，重新改写了电影脚本的最后一个场面。写罢，随稿附上一封信交给了导演。

　　电影结尾改为幻想的画面。决定让这幻想的画面出现许多含着柔和微笑的面具。作者意在让这暗淡的故事结尾出现明朗的微笑，却未能实现，所以至少要让美丽的微笑的假面具把现实遮掩起来。

我把稿子带到制片厂。办公室只有晨报。食堂的一个老太婆在大道具房门前捡刨花。

"导演睡了，请放在他的枕边吧。"

这回的电影脚本是写精神病院的故事。每天都在电影制片厂里观看拍摄疯人的悲惨生活，我着实痛苦，觉得不写出个明朗的结尾来，于心不安。人们一直认为我找不到一个好的收场，是因为自己的性格阴郁。

因此，想到假面具，我是高兴的。我想象着让医院里的所有病人无一遗漏地戴上微笑的假面具，心情就变得愉快了。

摄影棚的玻璃屋顶辉映出一片绿色。天空的蔚蓝由于白昼的光，变得浅淡朦胧。我安心地回到旅馆，睡了一大觉。

深夜十一点，采购假面具的人才回到制片厂。

"我一大早就开车去了，跑遍整个京都的玩具店，都没有找着好看的。"

"快点让我看看你买来的吧。"

我打开包装纸，失望地说："这个……"

"对吧？不行吧？我以为面具哪儿都有卖的，好像在许多店铺都看见过的，可是找了一天才买到这个。"

"我想要的，是像能剧的面具。面具本身如果不是飘溢着一种高雅的艺术的芳香，拍出来也会让人觉得滑稽可笑。"

我拿起了纸糊的凹鼻翘嘴的面具，几乎要哭起来了。

"首先，要是这个，拍下来就有点黑了。要不是白皙润泽的肌肤，柔和的微笑恐怕就……"

它褐色的脸庞上冷不防地伸出赤色的舌头来。

"现在正在办公室里涂白颜料呢。"

拍片暂告一段落，导演从组装的布景病房里走了出来，大家都望着面具笑了。明天一早就要拍最后一场，所以无法收集到许多面具。玩具面具反正是不行的。但明天开拍以前，就算收集不到古老的面具，至少找到赛璐珞的面具也好。

"如果弄不到艺术面具，宁可取消不拍。"

或许是看见我失望，过意不去吧，剧本创作部的人说：

"我们再去找找看。现在十一点，京极一带大概还没关门。"

"可以再去一趟吗？"

汽车沿着鸭川堤直线疾驰而去。对岸大学医院灯火璀璨的窗户倒映在河面上。谁也不会想到，在这一扇扇窗户里竟有众多的病人正在受着病痛的折磨。我忽地想到：倘使找不到好面具，不妨把精神病院窗户的灯火重现在画面上。

京极一带的玩具店开始打烊了，我们挨家询问，最终知道无望了。我们买了二十个纸糊的塌鼻大颧骨的丑女面具。虽然有点可爱，却没有应有的艺术美感。四条街的商店都已经关门了。

"请等一等。"

说着，剧本创作部的人拐进了一条小巷。

"这条街有许多经营佛具的旧道具店，大概会有能剧的道具吧。"

可是，这条街的店铺全都打烊了。我从门缝窥视店堂里面。

"明早七点再来吧。反正今晚也不睡了。"

"我也一起来。到时叫醒我。"

我虽然也这么说，最后还是他一个人去了。因为我醒来的时候，已经开始拍面具了。最终收集到了五个古乐的面具。按我的计划，本来同一种类的面具要凑二三十个的。可接触到这五个面具那柔和的微笑荡漾出的高雅情趣，心情也就舒畅起来，仿佛完成了一桩对疯人们的任务似的。

"这些面具非常昂贵，无法购置，是借来的。要是弄脏就无法还给人家，所以请大家格外注意。"

说着，大家像端详宝物似的，先把手洗净，再用两只手指将面具捏起来看。

不知怎的，拍摄完毕再看了看，一个面具的脸颊上沾了黄色的颜料。

"如果一洗，就会掉色的吧。"

"那么，我把它买下来算了。"

实际上我是很想要它的。我幻想着：在一切都变得美好而协调的未来的世界里，人都要拥有一副犹如这面具一般柔和的面孔。

我回到东京，径直到妻子就医的医院去。

孩子们轮流戴上假面具，欢笑了。我感到这是一种极大的满足。

"爸爸，戴上试试！"

"不要！"

"戴上嘛！"

"不要！"

"戴上嘛！"

次男站起来，企图将面具扣在我的脸上。

"这孩子！"

妻子缓和了这扫兴的局面。

"让妈妈戴上试试吧，啊？"

在孩子们的笑声中，我脸色苍白地说："喂，要让病人干什么啊？"

微笑的面具躺在病床上，这是多么可怕啊。

一脱下面具，妻子的呼吸急促起来。但是，事情并不是这样。妻子摘下面具的瞬间，她的表情是多么丑陋啊！望着妻子憔悴的面孔，我不寒而栗。这是第一次因妻子的表情而感到惊讶。正因为她被假面具美丽而柔和的微笑表情遮掩了三分钟，令人感到她的表情丑陋得难看。与其说是丑陋，莫如说是一种痛苦的备受挫折的表情。这悲惨人生的面孔，原先是隐藏在美丽的假面具后面，后来才显露出来的。

"爸爸，戴戴看嘛！"

"这回该轮到爸爸戴啰。"

孩子们又纠缠着央求起来了。

"不要！"

我站起身来。倘使我将假面具戴上又摘下来，妻子岂不是看到我的脸像丑陋的鬼脸了？这美丽的面具真是可怕啊！这种可怕让我生起了这样的疑团：过去在我身边不时露出温柔微笑的妻子的面孔，会不会是假面具呢？女人的微笑，会不会像这面具一样是一种艺术呢？

是假面具不好，是艺术不好啊！

我给京都的电影制片厂草拟了一封电报：

——请删去假面具的那部分镜头。

后来惊恐得神经过敏，又把这纸电报撕碎了。

盲人与少女

加代不明白，一个能从郊区车站乘上省营电车独自回家的人，为什么还要别人牵着手走一条直路，把他送到车站去呢？不明白归不明白，可不知什么时候，这竟成了加代的任务。田村初次到她家来的时候，母亲说：

"加代，你把他送到车站去吧。"

走出家门不久，田村把长拐杖倒到左手，开始寻找加代的手。加代看见田村的手在自己的侧腹周围徒然乱摸的时候，脸上顿时飞起了一片红潮，她只好把自己的手伸了过去。

"谢谢……你还小啊。"当时田村说了这么一句。

加代本以为要把田村一直送上电车的，可他只拿了车票，将找回的零钱留在加代的手里，独自一人迅速通过了检票口。眼看着他走近停在月台上的电车，边走边用手触摸着车窗的高度，找到入口便上了车。这是相当娴熟的动作。加代目睹这种情状，也就放心了。电车启动以后，她自然地微笑了。她觉得他的指尖有一种仿佛是眼睛一样的不可言喻的机能。

曾经发生过这样一桩事……姐姐阿丰在夕阳映照的窗边重新化妆。

"你知道镜子里映现出了什么吗？"姐姐说。

加代并非不知道姐姐这句话是不安好心的。镜子里映现出的，不正是在化妆的阿丰的姿影吗？

但是，阿丰的坏心眼，是陶醉于镜中的自己的坏心眼。

"这么漂亮的女人在向你献媚呢。"

她发出了这种纠缠男人不放的声音。

田村一声不言地膝行过来，用指尖去抚摸镜子，然后用双手一下子把梳妆台的方向改变了。

"哎哟，你要干什么？"

"照照树林子。"

"树林子？"

阿丰像被吸引住了，她用双膝滑行到梳妆台前。

"夕阳正洒在树林子上啊。"

阿丰纳闷地望着来回抚摸镜子的田村，而后扑哧一笑，把梳妆台又转了回来，专心化妆了。

在场的加代不禁愕然。原来是镜中的树林惊扰了她。正如田村所说的，高耸的树林里，西斜的阳光照出了一片紫色的雾。树丛中大面积的枯叶，叶背面承受着阳光，显得温暖而透明。果然是一派小阳春天气的黄昏景象。然而，镜中的树林和真实的树林给人一种全然不同的感觉。它犹如一层薄薄的绢，大概是没有映现出柔和的光雾的缘故吧，飘溢出一股深沉而清澈的冷气，恍如一泓湖水。加代连真实的树林都没仔细地观赏过，尽管每天从家中的窗口都见惯了。盲人这么一说，她仿佛才第一次看到了树林。她心想：田村真的看见那片树林了吗？她想探问："你真的知道真实的树林和镜中树林的不同吗？"她觉得他那双抚摸着镜子的手太可怕了。

所以，送田村到车站，田村握住她的手时，她就会忽然害怕起来。可是田村每次到她家里来，她都把他送到车站，天长日久，这成了她的任务，她也就忘却可怕的事了。

"是水果店门前吧？"

"来到殡仪馆门前了吧？"

"还没走到和服店吗？"

多次行走在同样一条路上的时候，田村既不像是戏弄，也不像是认真的，却经常这么探询。去车站的路上，沿途右侧有香烟铺、车铺、鞋铺、柳条包铺、年糕小豆汤铺……左侧有酒铺、布袜子铺、荞麦面条铺、寿司铺、杂货铺、化妆品铺、牙科医院……田村每次探问，加代就告诉他一直到车站足有七八百米的路上并排着的许多商店。田村把商店的顺序全都记住了。于是，他一边走一边猜测两旁的店铺，这成了他们的一种游戏。每逢沿路出现了新铺子，诸如衣橱铺、西餐馆或新的应节气的东西，加代都一一地告诉了他。加代心想，田村可能是为了消除牵着盲人的手送行的少女的愁闷，才想出这种可怜的游戏来吧。加代对他竟然能像明眼人那样分辨出沿路的人家感到不可思议。不过，久而久之也就习以为常了。母亲缠绵病榻的时候，田村问加代：

"今天殡仪馆将假花摆出来了吗？"

他这么一问，加代犹如被泼了一盆冷水，她回头看了看田村的脸。

于是，他若无其事地说出了这样的话来。

"姐姐的眼睛是那样漂亮吗？"

"嗯。是很漂亮。"

"是无与伦比的漂亮吗？"

加代沉默不言。

"比加代的眼睛还漂亮吗？"

"干吗要问这个？"

"不干吗……姐姐原来是盲人的妻子吧？她丈夫死后，她也净同盲人交往吧？还有，令堂也是盲人，她自然深信自己的眼睛是超凡美丽的啰。"

不知怎的，这句话深深地渗进加代的心底。

"盲人要倒霉三代的啊！"

姐姐阿丰经常像骂街似的，冲着母亲说这样的话，然后长吁短叹一阵子。她害怕盲人让她生孩子。她大概不会生盲人的孩子吧，因为她觉得这孩子又将会成为盲人的妻子。的确，她之所以嫁给盲人，是因为她母亲是个盲人。盲人母亲除了同盲人按摩师有交往以外，别无他人，所以她害怕明眼人当自己的女婿。其证据是女儿的丈夫作古后，到她家里过夜的各种男人都是盲人。因为盲人一个传一个。一家子都有这样的心情：倘使卖身给非盲人的男子，就会立即被警察抓起来。为了赡养盲人母亲，好像必须从盲人手里拿到钱。

一天，这些男按摩师中的一人把田村带来了。田村不是和按摩师一伙的，而是给盲哑学校捐赠过几千元的年轻财主。而后，阿丰慢慢地只接待田村一个人了。从一开始，她就愚弄田村。田村闲极无聊，以盲人母亲作为谈话对象。加代经常直勾勾地凝视着他这副神情。

母亲病故了。

"唉，加代子，这样就可以摆脱盲人的灾难啦，就可以轻松愉快啦！"阿丰说。

不久，附近西餐馆的厨师闯进屋里来。这个明眼男人非常粗暴，加代害怕得缩成一团。阿丰同田村分手的时刻到了。加代最后一次送他到车站，电车驶出车站以后，她感到寂寞，仿佛自己的生活无着似的。她乘上下一趟电车，追赶田村去了。她不知道田村的家在什么地方，但长期牵着田村的手引路，这男人所走过的路，她似乎是知道的。

母语的祈祷

一

他在读语言学的书。

美国拉尔夫博士报告了事实。

有位名叫斯堪第拉的意大利博士，是意大利、法国、英国三国语言的教师，因黄热病谢世了。

可是，他在发病的日子里净说英语，患病中期净说法语，最后到了临终的那天，净说母语意大利语。当然，他正在发高烧，不可能是有意识这样做给别人看的。

还有，一度疯了的女人，曾发生过这样的事情。

她精神错乱伊始，讲一口非常蹩脚的意大利语，发病最厉害的时候说法语，病势衰颓的时候操德语，逐渐痊愈的时候又回头说母语意大利语。

有位年迈的林务官，他少年时代曾短暂地旅居波兰，后来主要住在德国，三四十年间既未自己说过，也没有听别人说过波兰语。因此，也可以说他完全忘却了这个国家的语言。

可是有一天，他有两个小时完全陷入了昏迷状态，全用波兰语说话、祈祷和唱歌。

拉尔夫博士的熟人中，有个长期居住在费城，担任路德派教会传教士工作的德国人，告诉了拉尔夫这样一桩事。

该市南部有许多老瑞典人。他们移民美国后，已经度过五六十个春秋，这期间很少说瑞典语，甚至任何人都不会认为他们还记得母语。

然而这些老人中，大多数人一到弥留之际，大概是会从远方唤回潜藏的记忆的缘故吧，照例都用母语瑞典语做祈祷。

这些都是关于语言的故事。然而，这些奇怪的事例说明了什么呢？

"这种现象只不过是记忆的一种变态而已。"心理学者可能会这样回答。

可是感情丰富的他，真想用充满甜美感情的胳膊去拥抱这些不能不"用母语做祈祷"的老人。

那么，所谓语言是什么呢？只不过是个符号。所谓母语是什么呢？

"所谓语言的差异，实际上是野蛮人之间，为了对其他种族隐藏本种族的秘密，才产生的东西。"

据说有写这类事的书。如此看来，"用母语做祈祷"是人类的一种陈规，甚至束缚得人动弹不了。然而，人类有一种心情，那就是不但不想解开这条绳索，还心甘情愿地把这条绳索当作拄杖生活下去。不是吗？拥有漫长历史的人类，如今已经成为用陈规的绳索捆绑在树上的死尸。一旦把绳索松开，尸体就会吧嗒一声倒在地上。"母语的祈祷"也就露出它可怜的姿影。

尽管这么想——不，他之所以这么想，乃是因为他读了语言学的书，想起了加代子。

"对于自己来说，加代子难道就像是母语那样的东西吗？"

二

"躯干虽然没有鸽子那么肥，但张开的翅膀则有鸽子的那么宽。"

这是对蟋蟀的形容。他惊醒过来的时候，脑子里模模糊糊地浮现出这样一句话。他梦见了一只巨大的蟋蟀。

此前的事，他已了无记忆。总之，是一只巨大的蟋蟀在振翅蹦跳，差点擦到他的脸颊，而不是耳朵。他十分清楚。这只蟋蟀在教他与加代子分手后采取怎样的办法生活才好。

不久，他快步走在农村的街道上。无疑这是夜间。朦朦胧胧地浮现出稀疏的并排的街树。像鸽子般的蟋蟀还是在他脸颊上振翅，缠住他不放。没有声音，但奇怪的是，他从它的振翅中竟感受到高尚的道德。他以接触密教的秘密教诲的心情，抚触蟋蟀的翅膀。就是说，像鸽子般的蟋蟀是真理的使者。从道德上说，抛弃加代子是正确的。这只蟋蟀总是告诉他这种正确性。

他一边带着这样的感觉，一边不知为什么竟像被人追赶似的，急匆匆地走在奶油色的街道上。接着，脑海里浮现出蟋蟀的样子，同时他惊醒过来了。

"躯干虽然没有鸽子那么肥，但张开的翅膀则有鸽子的那么宽。"

枕边绽开着洁白的重瓣晚香玉，吐露出芬芳。这是七月的花。蟋蟀还没有鸣叫。可为什么会做这种蟋蟀的梦呢？将加代子与蟋蟀联系在一起，是不是与过去有什么缘由呢？

毫无疑问，过去曾与住在郊外的加代子一起倾听过蟋蟀的鸣叫，与她走在秋天的野外，见过蟋蟀蹦跳。不过……

"蟋蟀振翅，为什么是道德的象征呢？"

毕竟这是个梦。他回想不起在哪里潜藏着足以分析这个梦的有关蟋蟀的记忆。他微笑着又进入了梦乡。

农家宽阔的土间的天窗上，有个像燕窝般的房子。像脚炉木架结构般的房子。他藏身于这样奇怪的窝巢里。

可是，他总觉得很不自在，不可能长时间纹丝不动地藏身在屋顶的里侧。

他像表演惊险杂技的演员，顺着长长的竹竿哧哧地溜到院里。果然有个人追了上来。他从后门跳出来。原来这是农村的叔叔家。

房子后面有个像一寸法师般的小矮个伙计。小伙计抢着一把小扫帚，叉开两腿站在企图逃进米仓的他跟前。

"不行，不行，逃到这种地方不行。"

"你叫我往哪儿逃？"

"请逃到洗澡间里去。"

"洗澡间？"

"只有洗澡间。快，快。"

小伙计忙不迭地让他脱下衣服。他一边想，万一被那男人发现小伙计拿着衣服就糟了，一边爬到澡堂的天窗上。身体龟缩在澡盆的水蒸气里，意外地像接触到热水一样，接触到了加代子的肌肤。她先进入澡盆的。她的肌肤像油一般润滑。澡盆狭窄，只能容纳两个人的躯体。

"糟了，两人这般模样，如果让那个男人发现，不知会怎么怀疑呢，真没办法。"

他的全部肌肤都感受到加代子和恐惧，于是他惊醒了。

妻子船底形小圆枕上的金泥，隐约闪着亮光。电灯熄灭了，晨光从门缝里透射进来。他探摸妻子的身体。她穿着睡衣，连身体的下半部都是包裹着的。

因此，这个梦不是由于妻子的肌肤引发的。

总之，梦中那个想杀他的男人是谁呢？肯定是加代子的丈夫，要不就是她的情夫。但是，她在与他相好之前没有情夫。这样看来，这个男人肯定是在他之后出现的。再说加代子与他分手时，也没有别的男人，所以他没有见过也没有听说过这个男人。那为什么会梦见被这个男人追踪呢？

难道是因为至今还在为加代子的事自我陶醉，招人妒忌了吗？也许是吧。八年前的分手，蟋蟀告诉他这是很道德的，如今也必须请教蟋蟀吧。不然，就是这样吧。

"对加代子来说，难道他就像是母语那样的东西吗？"

三

"我是加代子的叔叔。"

这个男人满脸现出理所当然要来的神情，径直走进他家里。

"说实在的，加代子给我寄来了一封奇怪的信，所以我想见见你谈谈，于是就来了。"

这男人用疑惑的目光盯着他端茶上来的妻子。

"现在如果在府上，叫她出来一下好吗？"

"叫加代子吗？"

"是的。"

"她在哪儿，我可不知道呀。"

"我隐约估计到有点什么事，请你不要隐瞒。因为信是从你府上寄出来的。"

加代子的叔叔说着，从怀里把信掏了出来。信封正面写着香川县。这男人是从加代子的故乡四国特地来到东京附近的吗？而且寄件人一栏上，果然写着他家的现住址及"加代子寄"。他吃惊地看了看邮戳，是他所在的热海镇邮政局。

"嚯！那么信里都写了些什么？"

"请看吧。"

叔叔大人：

……我的身世一切都拜托给木谷了。包括我的命运和我的葬礼……因此，我连一根头发都不回故乡了，您会宽恕我吧。若有机会见到木谷，您可以问他。他可能会告诉您有关我的一些事情。

此致

加代子　寄自木谷家

这简直是个谜。加代子怎么会知道他的住址呢？再说，她为什么要到这个海岸来呢？

"难道是特地为寄这封信而来的吗？"

此后第二天，鱼见崎风传发生鱼见渔夫殉情的事件。据说从三百来尺高的悬崖上往海里望，尸体就像水族馆里的鱼那样看得一清二楚。难道是因为初夏即将到来，海水格外清澈吗？

"是加代子。"

他凭直觉猜对了，这是自然的。

加代子选择了他居住的市镇作为自己殉情的场所。那个男人的尸体像鱼那样毫无表情。可是这个男人在妒忌他，即使在死的那一瞬间。

接近死亡的那一瞬间，人的记忆力逐渐衰退了。新的记忆开始不断遭到破坏。这种破坏逐渐达到最后一点的时候，宛如灯火行将熄灭的时候，瞬间燃烧得格外旺盛。这就是"母语的祈祷"啊！

这样看来，水中的加代子，临死前铭刻在心中的，不是与她一道殉情的对象，而是她最早的情人——他的容颜吧。这大概就是她可怜的"母语的祈祷"。

"真是个痴情的女子。"

他焦躁、恼火，像无情地对待她的尸体似的对她的叔叔说，也许是对他自己说：

"旧幽灵直到死前都附在她身上。我与她在一起仅仅两年，可是，她却无力摆脱我啊！是她自己把自己的一生当作奴隶的。真是个'母语的祈祷'的家伙！"

故乡

前来租房的代笔人，看见房东是个十二三岁的小孩儿，不由得笑出声来。

"别说大话啦，写封信问问你妈妈吧。"

"要是问我妈，她会拒绝的。我来租给您吧。"

"那么，房租多少？"

"这……五元。"

"嗯，你了解行情。"代笔人稍稍装出一本正经的样子，"五元太贵啦，三元怎么样？"

"我不晓得。"

说着，孩子就要跑到屋后的田野去。代笔人被这十足孩子气的讨价还价所吸引，因为他绝对需要租这座坐落在郡公所前的房子。

"就是这个月得先付房租。"

"付给你吗？"

"嗯。"小孩儿俨然房东的样子，充满信心地点了点头。然后他抑制住涌上来的微笑，终于板起面孔，紧闭双唇。因为他又一次感受到金钱交易是多么有意思啊。这是他的第二次交易了。

母亲到东京照料姐姐分娩去了，到三月份了也没有回来。她说

"到东京来吧"，却没有将路费寄来。孩子是由邻居来照料的。他将到邻居家收废品的人拽来，把自己家中的旧杂志和破烂卖掉了。他趁机问道：

"这个值钱吗？"

说罢，他将坐在火盆上的铁壶端下来，让收废品的人瞧了瞧，而后热衷起卖破烂的游戏来。他把贫穷的家翻得零零乱乱，连已故父亲的衣服也都卖了个精光。再凑五元就可以去往东京了。通过这些交易，小孩儿可以感受到大人的生活，每天获得食粮的不可思议的生活。而且，在接受交易款的同时，不论是收废品的人还是老代笔人，都被生活折磨得疲惫不堪，其凄凉的情状鲜明地印在孩子的脑子里。这是大人生活的第一步，自己似乎是个胜利者。他觉得自己有希望在社会上独立生活了。

孩子背负着青森苹果散发出来的未成熟的气味，来到了上野站。母亲惊讶不已，说不出一句责备的话来。无乡也无家可归的思绪如流水般在她的心中扩展。长子也在东京。多年来她一直遭到指责，倘使把那房子卖掉，就可以充作长子做买卖的本钱。然而，她始终没有把房子卖掉。她宁可变卖自己的衣物来维持生计，也要把丈夫的衣物保存下来。如今这孩子不也把这衣物当破烂全卖掉了吗？

"我要睡足三天觉呢。"小孩儿到达姐姐家后，马上沉沉入梦了。

郊外有个大池塘。翌日清晨，小孩儿独自到池塘钓鱼去了。回来的时候，他已经招来了街坊的五六个孩子，在家门口把十尾鲫鱼都分给了他们。

　　母亲和姐姐在家里哭了。姐夫决定将小孩儿送到自己单位熟悉的泥瓦匠那儿去当小学徒，人家今晚就要来相迎了。母亲坚持说："要是让孩子当雇工，我宁可将他带回老家去。"孩子无所顾忌地走了进来，仿佛跳过一道小溪那样若无其事地说：

　　"要是大家这样又哭又闹，我就随便上哪儿去打工啦。"

　　母亲不言语，开始给孩子补起布袜子来。孩子把母亲的单衣、自己的东西，还有冬天穿的布袜子（尽管即将迎来夏天）全都塞在柳条包里带来了。

母亲的眼睛

　　山中温泉旅馆里，店家的一个将满三岁的小孩儿露出一副可怖的神色，"哧溜"蹿进我的房间里来，从桌面上夺走了一支银杆铅笔，也许动作敏捷，一声没响就逃之夭夭了……不大一会儿，女佣来了。

　　"这支铅笔是您的吧？"

　　"是的。不过，刚才我送给了店家的孩子。"

　　"可是，是在保姆手里拿着的呀。"

　　"大概是她没收了吧。让孩子拿去玩好啰。"

　　女佣笑了。仔细打听，才知道这支铅笔是从保姆的行李箱底翻出来的。她的行李箱里装满了赃物，诸如客人的名片夹、老板娘的和服长衬衣、客房女佣的黄杨木梳子和发饰，还有五六张钞票。

　　约莫过了半个月，女佣又说：

　　"再没有什么事比这更令人遗憾的了。那小妇人真叫人丢脸……"

　　打那次以后，保姆偷窃的毛病有增无减。她在村子的和服店里接连不断地用现金购买了十分奢华的和服，店里人悄悄地向旅馆通报了。女佣受老板娘的嘱托，要对保姆进行调查。

　　"要是那样说，我会到老板娘那儿去全部坦白的。"保姆说罢，愤然地站起身来。

她那种口气好像是说："我犯得着跟你们这帮女佣坦白吗？"

据女佣说，保姆跪坐在老板娘跟前，显得非常单纯，她不时歪着脑袋，回想偷窃过的赃物，并一一坦白出来。她偷窃的现金，连同账房的和客人的，大约有一百五十元。

"她说，除了自己定做了三四件短外褂与和服以外，剩下的钱全部给母亲乘汽车往返医院看病了。"

掌柜的把她送回到她的父母身边，据说她的双亲也没有特别训斥她，就接受了她。

美丽的保姆走后不久，我也决定回家了。一辆汽车像是把沿途绿色的树木迅速抛在后面似的疾驰过来，追赶着我乘坐的公共马车。马车礼让，汽车在马车旁戛然停住。一身盛装的保姆从汽车上跳下来，疾步跑到马车旁，快活地扬声说：

"啊，真快活。又见到您了。我准备陪妈妈到镇上去瞧医生哪。真可怜，妈妈可能要失去一只眼睛。请来乘我们的汽车吧。送您到停车场好不好？"

我跳下马车。保姆的脸上充满了明朗的喜悦。

透过汽车的车窗，我看见蒙着母亲眼睛的绷带是白花花的。

三等候车室

他何以坐在东京站的三等候车室里，有必要说明一下。用一句话来说，就是因为她选定这儿作为与他见面的地点。他想，以她来说，她是过着与三等车无缘的生活。不是吗？所以，他反对了。

"一、二等车设有妇女候车室嘛。在三等候车室太显眼，不好办啊！"

"你是说我吗……我是个那么引人注目的女人吗？"

仅凭这点，他只好诚挚地接受了她的彬彬之礼。

但是，就是与她约会，他一来到东京站也不是径直走进三等候车室的。他确认还有十五分钟才到五点，很自然地信步走到了一、二等候车室。那里的墙上剜出一块小银幕，正在放映松岛的风光片。他想起大阪的老朋友，便写了一封信，投入车站的邮筒里，然后来到了三等候车室。

这里的墙上没有银幕。大概是以为坐三等车的客人没有能力到松岛观光吧。像是休假旅行归来的成群的农村女学生挤满了大厅，她们谈笑风生。他像要躲藏起来似的，坐在少女们的后面。眼前的长椅子上放着一顶菅草编的斗笠。

奉四国八十八处灵地朝拜

本来无东西

千叶县印幡郡白井村

何处有南北

南无大师遍照金刚

迷故三界城

悟故十方空

字富塚　　川村作治

　　同行×人

　　斗笠上的七行字墨香未消。朝拜者身穿黑色僧衣，里衬白棉布衫，入神地观看着摊放在送行的僧侣膝上的彩印"四国朝山拜庙地图"，一边倾听僧侣的谈话，一边频频点头。对这老人来说，只有那副几乎连眉毛都遮盖了的墨镜是不相称的。

　　他想起老人的新斗笠渐渐变旧的四国之旅来。虽说与"迷故三界城，悟故十方空"这些写在斗笠上的文字毫不相干，但老人能踏上多年向往的朝拜旅途，无疑是幸福的。不过，这种幸福和他想象中的幸福相距是多么遥远啊。回首再想想，他的祖父母不是也曾同行到四国朝拜吗？眼下他沉湎在对童年故乡的回忆之中，仿佛听见了朝山拜庙的铃声。

　　这又怎么样呢？他等她等得不耐烦，不能再思考下去。

　　在三等候车室里相会，反而比在一、二等候车室更不引人注目，这是凭经验知道的，难道她经常幽会吗？

她悄悄地将男性分类，分成在一、二等候车室相会的和在三等候车室相会的，难道她不是在嘲笑这些男人吗？

浮现在他脑海里的，都是这样一些愚蠢的事。他大概觉得她此刻正同在一、二等候车室里的男人相会，就走到一、二等候车室去观察。人群像雪崩似的前挤后拥，几乎把茫然地折回来的他挤倒在地。原来那个朝拜者和僧侣被刑警带走了。

你以为我是坐二等车的女人。不过，这不是你的责任，而是由于我平素煞费苦心装成那样子的。昨天我无意中说出了三等候车室，终于原形毕露。我在家里落入沉思。对于把我看成坐二等车的女人的先生，我已经感到厌倦了。

他在东京站等她等得疲惫不堪，一回到家里，便收到了她这样一封信。

她将自己说得十分寒碜，也许其实是在嘲笑他。不管怎样，他目前还过着同三等候车室无缘的生活。因此，借助那朝拜者和僧侣的姿影，三等候车室在他的脑海里还将继续保持着浪漫的印象吧。

然而，他无论如何也不相信那个朝拜者竟是乔装打扮的罪犯。这与他无法相信她是坐三等车的女子一样……

拍打孩子

土木工五郎一边看东京市营电车和公共汽车的多次乘车票背后的行车路线图，一边说：

"喂，千住新桥。"

妻子阿浅坐在稍高的窗沿上。

"可怕！"阿浅话音刚落，忽然手脚向前方倾斜，屁股朝天。

"北千住。"

阿浅冷不防地松开了抓住窗沿的手，"吧嗒"一声摔了个屁股蹲儿。

她的脸颊抽动，像是在笑，可马上又恢复原来的姿势，把腰身靠在窗边上。

"别撞到脊背，是第三轮啦。"

阿浅又把屁股落坐在窗沿上。榻榻米腐朽的臭味扬了起来。五郎已歇息了六天，这是一个梅雨季的大白天。

"车坂。"

阿浅又吧嗒一声摔了个屁股蹲儿。

"和泉桥。"

咯噔一声响。

"水天宫。"

"司机，开慢点儿好吗？"

"不摇晃不行啊。振动腹部了吗？"

"岂止振动，简直像一根铁棍从下面直捅到腹部来啊。"

"水天宫。"

咯噔一声响。于是阿浅一边捡起发卡，一边用白衬衫的短袖使劲地揩了揩额头，隐约现出微红——肌肤上沾了点微黑的油垢，新奇的隐约的血色爬了上来。五郎膝行靠了过来。

"干什么？"

"擦擦脸蛋嘛。"

阿浅像略微化妆似的擦了擦脸，然后把蓬乱的头发随便地揪在一起。身体像鲤鱼旗似的摇来晃去，而后又靠着窗沿爬了上去。不过，那动作显得很疲惫的样子，阿浅确实很久没有露出姑娘般的劲头了。

"东京站。"

咯噔一声响。

小传马町——龟泽町——锦丝堀。反复摔了几回屁股蹲儿之后，阿浅眼里噙着泪珠笑了起来。

"我想起来了。"

"前年的事吗？"

"不。"阿浅孩子般地摇了摇头。

"小学时的事啊。和同学们玩欢蹦乱跳的游戏呀。"

"什么游戏？不是开玩笑，不是闹着玩地跳。"

"跳个没完呀。不过反正都能生下来。去年那样跳还是不行。"

前年，阿浅本是个山中温泉旅馆的女佣。五郎是这个村庄的农民的儿子。他从村里翻过山岭去半岛的南方修三间路，传说是为了让大炮通过。五郎与蜂拥而来的土木工交往，后来也就出来干活了。土木工们对五郎说：

"嘿，你这个乡巴佬，真是个老好人。你蛮自负地以为那是你的孩子，你被那个娼妇似的小女子迷住了。贫苦人家的女儿嘛，做梦也想当有钱人家的太太，哪怕一个晚上也好。因此，就需要像你这样亲切的贫苦人来给她们收拾残局。阿浅这家伙也知道，她没有那种能成为有钱人家小妾的才貌。"

在旅馆的人入睡之后，阿浅泡在旅馆后面的温泉里等待着。她把头枕在澡堂边上睡着了。五郎蹚过溪流走了过来。她像镶在一个圆圈里，由于温泉的关系，她的肩膀带着颜色。他踢了一下阿浅的肩膀。阿浅惊醒过来，抓住他的脚说：

"啊，真凉！你走近路蹚过小溪来的吧？"说着把五郎拽进温泉水里，跨过他的脚，将胸脯紧贴着他的胸脯。

"母亲从老家来信了……她叫我从高处跳下去呢。"

"那我的事呢？"

"什么也没写。"

"你母亲真的来信劝你跳吗？"

"说跳了就会好的。"

"嗯，你啊，不觉得你母亲怪可怜的吗？"

"为什么？"

"她不会前来申斥你吗？"

"不会。"

"我觉得你母亲真可怜呀。"

"我要跳了，你也一起来。"

阿浅裸露着身子爬出澡堂，把脱下的衣服放在盛衣服的高架上，而后朝站在下面的五郎的胸脯处跳了下去。这样反复地跳了六七次。还从澡堂的窗口跳到河滩上。冬季的月色冷峻，夜间的空气犹如白刃。两人沿着小溪走到新路上。阿浅从刚开辟的崭新的高崖，像断了腿的青蛙那样跳下去好几次。

"可怕的月色。"

一连四个晚上都这样干了，但是，两三个月后，当阿浅的体态明显地突出的时候，两人就逃到了东京。她生了个男婴。五郎成了个失业的土木工人。对阿浅来说，来到温泉旅馆的东京的年轻小伙子，只是在她那憧憬中的东京，使她脸色苍白、脸颊抽动却笑不出来的人而已。东京连个跳的地方都没有。如果能乘上简陋的公共汽车倒也不错，可是没有钱。因此五郎才依靠捡来的车票背后的行车路线图，假装乘上了车。阿浅也想获得同样的效应，所以从窗沿上摔了个屁股蹲儿。

可是，阿浅真的笑了出来。微微冒汗的肌肤恢复了血色，濡湿的眼睛熠熠生辉。

"从洲崎到永代桥了。"

"可是我想起游戏来了。小学毕业后，还不曾这样玩过呢。"

"永代桥。"

咯噔。日本桥——芝口——芝园桥。阿浅的体态越发像情窦初开的小姑娘，大放光彩。只穿着一件漂白衬衫的阿浅敞开胸怀，桑子色的乳头在跳动。五郎的吆喝声也很带劲。

"下一站从新宿到大木户。"

"吧嗒"一声，阿浅的身体终于摔了下来，她咯咯地笑着躺倒了。

东西的响声惊醒了婴儿，婴儿哭出声来。阿浅笑个不止，没有站起身来。五郎走到窗边把婴儿抱了起来。

"哦、哦、哦、哦、哦……"

"呀、呀、呀……"婴儿一味拍打着五郎的脸颊。

"瞧这小家伙，在打爸爸哪。"五郎说着，露出前所未有的欢笑。然而，他忽然想到：这婴儿的爸爸是谁呢？是把阿浅弄得怀孕后就逃掉的财主，还是自己呢？——不过，今天把财主的儿子硬夺过来，由贫苦人抚养，倒也是桩开心的事。孩子嘛，尽管生，就像玩士兵游戏那样。五郎也想起了童年时代的游戏。排成排，浩浩荡荡，看我都把它们一个个吃掉。

"管他是哪个爸爸呢，我就打这个爸爸，打这个爸爸。"

五郎握住婴儿的手腕，吧嗒吧嗒地拍打自己的脸颊。

秋雷

初秋时节，从海上归来的姑娘们走在大街上，活像一匹匹栗色的骏马。饭店的一个房间里，吹奏着古雅的笙，庆贺我们的婚礼。忽然间，玻璃窗上掠过几道闪电，雷鸣仿佛要摧毁这场婚礼。十七岁的新娘子脸色苍白，合上眼帘，犹如濡湿了的旗子，眼看着就要倒下。

"把窗子和帷幔……"

仪式过后，新娘子的父亲说：

"这孩子讨厌雷声，也许是从前的故事在作祟吧。"

接着他讲了丹波的孝子传。

从前，丹波国天田郡土师村有个孝子，名叫芦田七左卫门，他的忠孝获得了领主的表彰，并特别免除年贡。他母亲格外讨厌雷声，甚至听见鼓声也会昏厥过去。所以，雷声一隆隆作响，他不论在什么地方、不论干什么，都全然不顾地飞奔回家里。夏天，他连邻村也不去。岂止如此。他母亲作古后，他一听见雷声，就马上跑到墓地，紧紧地抱住母亲的墓碑。

一个暴风雨的夜晚，可怜啊！七左卫门扑在母亲的墓碑上，活活地被雷电击毙了。翌日早晨，是个风和日丽的大晴天，村里人想扒开紧抱着墓碑的七左卫门的胳膊，不料它脱落下来了。不论触摸这焦黑的尸体的哪个部位，它都哩哩啦啦地落下，成了一堆灰。于是，人们断定将孝子七左卫门从他母亲的墓碑上搬开是错误的。有个老太婆将掉落在那里的一个指头捡了起来，拜了拜，然后装进和服袖口袋里，说：

"我要让我家的不孝之子喝下去。"

村里人也争先恐后地将死人的骨灰捡了起来。

"我家祖先也把那骨灰当作宝贝，世世代代相传下来了。童年时代，母亲也让我喝过呢。也许是这个缘故，我和这个孩子才讨厌雷声的吧。"

"也让这孩子……"我模仿新娘子的父亲把新娘子称作"这孩子"，说道，"也让这孩子喝骨灰了吗？"

"不，说实在的，我早已忘得一干二净了……不过，如果她公公发话要让她喝，那我就马上寄上一小包。"

一回到郊外的新居（对我们来说，这是崭新的家），从连白色套子还没有掀开的全新嫁妆衣橱后面忽然蹦出四只蟋蟀来。但是，新娘子好像一束紫丁香，如初夏般明媚。而后，好像夏天要自杀似的，又传来雷粗暴的脚步声。我抱住恐惧的年轻妻子，从女性的肌肤上首先感受到女人身上的母爱。其次又想到，倘使我抱住柔和而温暖的墓碑，谁说我不会就这样变成焦黑的尸体呢？

雷在屋顶上鸣响，仿佛要把新婚的床变成死亡的床。

"把帷幔、帷幔……"

家庭

这里所说的盲，并不意味着眼睛看不见。

他牵着盲妻的手，爬上高坡去看出租的房子。

"那是什么声音？"

"是竹林的风声啊。"

"是啊。我很久没出门，连竹叶声也全然忘却了……现在的家，二楼的楼梯每级都很窄小，初迁来时，我登楼的步子总不习惯，真愁人哪。眼下一切都已熟悉，你却又说要去看新房子。对于盲人来说，老房子的每个角落都十分熟悉，就像自己的身体各部位一样觉着可亲。对于明眼人来说，死气沉沉的房子里流动着盲人的血呀。再说，还会撞在新房的柱子上，或者绊倒在门槛上。"

他松开妻子的手，推开了漆白的栅栏门。

"哟，这个院子树木葱郁，昏昏暗暗的，冬天到来，一定很冷吧。"

"这栋洋房的墙壁和窗户都很阴森，好像是德国人住过的。门上还留有利德曼的名牌呢。"

他把房门推开，射来了晃眼的光，身子不由得朝后一仰。

"太美啦，真亮堂。如果说院子是黑夜，那么屋里就是白昼。"

红、白两色的粗条纹壁纸无比华丽，像祭祀场围上红白帷幕一样。深红色的窗帘，也像霓虹灯般明亮。

"有沙发、暖炉、桌椅，有衣柜、彩灯……全套家具都备齐了。瞧……"

说着，他猛地推了推妻子，让她坐在沙发上，可险些把她推倒在地。妻子在沙发上落座，弹簧把她反弹起来，身子摇荡了几下，她像个笨拙的滑冰客，双手在胡乱地比画着。

"嘿，连钢琴都有啊。"

她被他牵到暖炉旁，坐在小钢琴前，好像触到可怕的东西似的按了按琴键。

"哟，响啦。"

于是，她奏了一曲。这曲子大概是她在少女时代还没失明的时候学会的吧。他走到摆着一张大办公桌的书斋里瞧了瞧，原来卧室就在隔壁，放置了一张双人床，铺着一床用红白的竖条纹粗布包裹的草褥子。他跃身床上，感到弹簧很有弹力。妻子的钢琴渐渐奏出欢快喜悦的旋律来。但是，也不时传来盲人的悲伤，传来按错琴键的声音，就像是孩子的笑声。

"喂，你来看看这张大床好吗？"

真不可思议！妻子不太熟悉这座房子，却竟像明眼姑娘一样，健步走进了卧室。

两人互相偎依坐在床上，像上了发条的偶人似的，快乐地晃荡着身子。妻子轻声地吹起口哨。他们忘却了时间的流逝。

　　"这是哪儿？"

　　"谁知道啊。"

　　"真的，是哪儿？"

　　"总之，这不是你的家。"

　　"多些这样的地方就好啰。"

阵雨中的车站

　　妻、妻、妻、妻……啊，人世间被称作妻子的女人何其多啊。明知所有的姑娘都将成为人妻，不足为奇，但诸位见过成群的妻子吗？其景象恍如见到众多的囚徒，令人可怜、惊讶。

　　从成群的女学生和女工身上，是无法想象出成群的妻子的景象来的。女学生和女工之间总有某种东西将她们联系在一起。就是说，她们可以为了某种追求从家庭中解放出来。然而成群的妻子却是单个的个人，是从人世间的隔离病房——家庭中走出来的。倘使是慈善会的义卖场或同窗会的郊游，也许可以说，妻子们还是具有当时的女学生的精神。对她们来说，这是出于对各自丈夫的爱而群集到一起的。正因如此，她们又是单个的个人——不过，这里所说的，不是公共市场的事。

　　例如，以国营电车的郊区站——大森站来说吧，假设那天早晨秋高气爽，晴空万里，而下午却又下起阵雨来。小说家"他"的妻子十分不幸，她不是"隔离病房"的病人，而是茂野舞厅的舞女。他在大森站的检票口，遇上了邻居太太。

　　"你回来啦，给你送雨伞来了。"邻居太太说着将雨伞递到他的面前。不，递到他面前的，岂止是一把雨伞，还有一种妻子的感情。邻居太太脸颊绯红到脖颈根了，她微笑着。这并不奇怪，因为一群带两把雨伞的妻子把车站出口团团围住，一齐盯着检票口。

"啊，谢谢……这是人妻们的五月节啊。"他嘴上这么说，心里却比邻居太太更惶恐，活像个惊得发昏的演说家，从台阶上溜走了。

突破人妻的重围之后，他松了一口气。他撑开的是一把浅蓝带彩色花纹的女式伞。他思忖：是这位太太慌了神递错了呢，还是拿她的伞来送给自己呢？不管怎样，来到阵雨中的车站迎接他的温柔女子，犹如流水渗入他的心田……他经常从二楼书斋眺望邻居太太稍稍分开的和服底襟、跷起脚在井边压唧筒汲水时露出的脚脖跟。他们一照面，他就从她的微笑中联想到吹拂着着色果实的秋风。仅是如此而已。然而，此时撑开她带花纹的雨伞，想起正拥抱着男人在舞厅里狂舞的妻子，不由得涌起一种晦暗的寂寞感。

不仅如此，人妻的大军将凝聚着家庭全部爱的雨伞高举过头，从通往车站的三条大街紧紧地进攻过来。她们急促的脚步、不习惯户外阳光而过于认真的衰弱，这种无华的朴实，反而使人联想起囚徒们的一场愤怒的激战。

"'人妻的五月节'，连我都觉得这是一种美妙的形容。"

他逆着无尽头的、手撑各自丈夫的雨伞的人妻队伍而行。

"这群没有化妆，就这么从厨房里出来的妻子——没有化妆的家庭的本来面貌，是公司职员家庭展览会。"

他蓦地笑了。那副笑容简直像阵雨中的天空。阵雨中，车站上的人妻们却是不笑的。有的妻子等乏了，几乎哭出声来——实际上，邻居太太的第二把伞，也像头一把伞那样，没有递到丈夫的手里。

阵雨中的车站，譬如近郊市镇大森一带，是上班的丈夫不乘车、身着丝绸的妻子不用女佣这般水平的年轻夫妻的巢穴。仿佛是事到如今，这才揭露出来。不过，也有的妻子把孩子绑在背后背着，手里撑着粗制的雨伞；还有上了年纪的妻子，挂着丈夫的雨伞走来，她们都与身穿防寒的胭脂红呢大衣、没有穿秋雨斗篷的新婚妻子一样，是绝不稀奇的。这些群集的妻、妻、妻，一个个找到了从检票口出来的自己的男人。散开时，他们有的伞并着伞，有的共撑一伞，洋溢着一种安全感和新婚般的短暂的喜悦，步行回家去。但是妇女们从后面络绎不绝地接踵拥来，这里成了女人等待各自男人的市场——的确，令人感觉到这里是人世间的女人寻找配偶的市场，是卸下了妆容和浪漫的结婚市场的模型。

但是，作为市场的商品，唯一例外的是邻居太太盼望着卖不出去。她忐忑不安，想到：寒碜的丈夫会不会在检票口出现呢？她将雨伞递给小说家"他"的时候，她的情敌果然登上了台阶，走近说：

"哎呀，久违了。你也在大森吗？"

"哟。"同窗女友都像初次认识似的，互相微笑了。

"刚才那位不是小说家根并先生吗？"

"嗯。"

"哟，真是他啊。真羡慕哪。你什么时候和根并先生结婚的？"

"噢，什么时候呢……"

"瞧，连自己的婚礼时间都忘了，难道新婚的日日夜夜就幸福到这种程度了？"

"是去年七月嘛。"邻居太太忽然脱口说了一句。

她并不是为小说家送伞来的。只是偶然在车站发现了昔日的情敌，要战胜难过的心绪，才一时将雨伞递给了这位闻名遐迩的男子。

"不是都已经一年多了吗，干吗还脸红？好像昨天才出嫁似的。"

"够了。"

"我才够了呢。最近一定要让我到府上拜访。我是根并先生的热心读者，在杂志的闲话栏上早就了解到他是个美男子，实际还胜过传闻呢。真令人羡慕啊。其实，千代子，我早就发现你了。只不过因为发生了那件事，我们才分离的嘛。现在主动求见好不好，我有点犹豫。可我知道是根并先生，就放心了。现在看来，结果抽到好签的是你啊。多亏我替你把坏签先抽走了。你该不计较宿怨，向我道谢了吧。让我们果断地把那件事付诸流水吧！不仅要付诸流水，而且要因为现在幸福了，把它完全忘却……一想到我们能握手言欢，我心里就轻松了。向你表示祝贺。我非常高兴，才主动求见的啊。"

撒谎！我胜利了！——邻居太太沉湎在令人陶醉的幸福之中。

"你还在等人吗？"

"嗯。我让女弟子到松屋采购去了。"这回，她神采飞扬地说。

要是进一步引用小说家根并先生爱用的形容词，就会令人联想到检票口是社会巨大的牢门。男苦役们走出这扇门，同相迎的病人一起回到隔离病房的家庭。然而，她们是两个害怕丈夫出狱的妻子。每次电车停站，她们都在想：是谁的丈夫先回来呢？内心不住地打起寒战来。

邻居太太就这样戴着根并夫人的面具回家，因为她爱她的丈夫。不管昔日的情敌说什么，她为了这种爱，早已把昔日的恋情全然忘却了。如今又看到情敌来迎接昔日的恋人，这无疑是十分痛苦的，如同被人摘下了假面具一样。不，更加痛苦的，似乎是雨天下午出去迎接丈夫的习惯的锁链，把邻居太太捆绑在阵雨中的车站。另一方面，情敌也不愿意让她看到丈夫——当年同她们热恋的大学生，现已不再是她们想象中的美貌青年，而是生活落魄、只拿微薄薪金的男人。尽管丈夫的兜里没有车钱，与婚姻同龄的穿了四年的旧西服就是在阵雨中淋湿也不值得可惜，可她还是绝不会输着回家的。

"真的，秋天的天空是催妻落泪的啊！今天车站上的车辆也并非都是这样，很快就会全部开走的。妻子们都是被诱来参加效忠丈夫的竞赛会的，这里不是成了女人的二手服装市场了吗？"情敌看见有关丈夫的话题不分胜负，便把争论转移到妇女本身的问题上。

"你瞧，就是穿着多么滞销的二手货，淡妆前来，也是女人的修养啊。这样一来，多么像妻子们举行暴动啊……"

"方才我家先生说过，这是人妻的五月节啊。"

"哟，名不虚传呀。也许对吧。这样一来，简直是给丈夫丢丑嘛。在男人的眼里，这无疑是可怕的。"

果然，她化着新妆，连涂着黄漆的高齿木屐也是亮锃锃的。邻居太太依然像是在厨房里。这妆容——哪怕是去阵雨中的车站给男人送雨伞也忘不了的妆容——才是夺取昔日恋人的力量。现在邻居太太又抹上小说家夫人的胭脂，才如此幸福，这样的妆容才战胜了情敌。

"不过，我吃亏的性格，惹人注目，这是可怕的啊。"

"你应该说，这是福气呀。我知道有人晓得你是根并夫人。要不，我喊一声也行啊。就说声让我介绍一下根并夫人吧。"

对方竟说出了比邻居太太想说的还要多的话来。此后作为第三阶段的作战，她又开始重新化妆，喋喋不休地炫耀起自己是个精通音乐和话剧的行家来。

恰好这时，一位住在大森的著名话剧演员从天桥走过来。他凸出的额头，犹如插在职员帽上的一朵白花。他同舞女——根并夫人曾深夜挽着胳膊回家，所以邻居太太也认识他。他正是昔日的情敌刚刚吹嘘与她亲密得胜过挚友的那个人。

"哟，是中野时彦呀。"邻居太太说。

在这话声的驱动下，化了妆的女人毫无礼貌地向检票口走去。

"您是中野先生吧？我在等您哪。请像情人那样撑着我的伞回家吧。"她低声细语地说了一句，献媚地靠了过去。初次见面的男人是扮演恋人角色的演员，这是她的幸福。她一只手动作机敏而又漂亮地打开了雨伞，遮挡着男人的肩膀，然后回过头说了声"对不起，我们先走啦"，就得意地投入人妻们雨伞的海洋中扬长而去。

他们一阵风似的走向蜂斗菜地。车站前广场上的伞、伞、伞，对着这对华丽的情人的妆容，飘荡着一种敌意的氛围。忽然组织起来的贞洁，也就是苦于家庭生活的"十字军"……但是，邻居太太一人依然是妻子们目光中的伙伴，她还陶醉在妆容的胜利中。她认为，那人或许会成为著名演员的恋人，但不是妻子，而我是著名作家的妻子。本来就是这样，即使同样是化妆，但抹上肤色脂粉的妻子，要比抹上变色脂粉的情妇更值得自豪，当然，自己是不会忘却对丈夫的忠贞的。待到与丈夫共撑一伞时，再对丈夫叙述阵雨中的车站的战斗情景吧。而且，今天正是应该坦白昔日恋爱的秘密的好时机，应该痛哭一场——她对化妆的幸福的陶醉方式，就是这么回事。如今她已经没有情敌，心中也没有荫翳的丈夫正在等候着她。

然而，化妆的幸福难道就是高耸的树梢上的果实吗？邻居太太并不像她的情敌——擅长攀爬化妆之树的女杂技师。尽管她伏在情敌背上，啄食了所谓"小说家夫人"这颗果实，但是情敌扑打着所谓"不贞"的翅膀，高声地从树梢上腾空飞走了。再说，如果不借助他人之手，就无法降落到集结着贞洁的"十字军"的地面上。无论等到什么时候，丈夫都不会助她一臂之力的。妻、妻、妻找到了各自的夫、夫、夫，便散去了。车站的墙像一片废墟褪色了。下个不停的阵雨浇得眼睑又冰冷又僵硬，邻居太太的妆容已被雨水完全冲洗掉，她肚子饿极了。这样一来，反而越发不能离开车站，只能紧张地、一心一意地等候丈夫的到来，活像被流放到鬼界岛的囚徒一样。

　　足足等了五个钟头。九点，邻居太太看见一个人像影子似的，摇摇晃晃地被吸到检票口，他不是她的丈夫，而是昔日的恋人，即丈夫的情敌。忽然涌上心头的悲伤，比促使她回归自我的力量还更强大。她被悲伤冲走了。这男人像是刚从狱中出来，又寒碜又疲惫，他提心吊胆地环顾了一下四周，一边寻找自己的妻子，一边走下台阶。邻居太太不言声，刚将剩下的另一把雨伞撑开递给他，眼泪就扑簌簌地滚落下来了。她一无所知。

　　却说，小说家"他"从自家的二楼——做舞女的妻子没有回家——带着奇怪的神色，张望着阵雨中黑魆魆的邻居家，一直到深夜。脑海里浮现出忠告人世间的夫、夫、夫的话语来。

"丈夫们，雨天的下午，特别是秋季阵雨的傍晚，请你们早点回到妻子守候你们的车站去吧，因为我不能保证女人的心，不会像女式伞那样递到别的男人的手中。"

夫人的侦探

省线电车的车窗漾出一股嫩叶的气息。夫人拉住吊环，一连打了好几个喷嚏。她的脚是勇敢无敌的外八字形，稳稳地站立着——无论怎样看，都是稳稳站立的姿势。她的胳膊穿过橙色阳伞的提绳，耷拉在她握住吊环的手上，阳伞自然迅速地滑落在胳膊上。她觉得怪麻烦似的，用一只手紧紧地抓起那揪垂髻，这样一来显出一片青色，越发显得后发剃得太高。她的背后好像多了一只冷笑的眼睛似的。她身穿深蓝色粗条纹短外褂。尽管如此，似乎不曾精心整整齐齐地折叠过。而且，她把身子向阳伞那边歪成"く"字形，腰骨变成角形，完全露在短褂的外面。她不得不用拳头捶了捶那凸起的部分，不是吗？

夫人就是这副模样。她握住的拳头在鼻尖处一晃（仅是一种形式而已），打了个喷嚏，而且还啊啊地打起哈欠来。浅田笑了起来。夫人像是打算在五月某日的下午三时横躺在卧铺上，才乘坐电车的。她大概是把电车车窗外的嫩叶误认为是卧室窗外的嫩叶吧。这是五月。夫人筋疲力尽，像是浑身散了架似的。但是，她体内仿佛吹遍了五月绿色的风。浅田虽然被夫人脖颈的"青眼"冷笑，但他还是整整齐齐地穿着大学制服坐在与她相反的一侧。尽管他明明知道她是高班同学安藤的夫人，但是对方可能并不记得自己的样子，再说如果自己给她让座，她也说不定会脱口说出离奇的话，使自己面红耳赤。

电车到下一站时，夫人就同浅田面对面坐着。他蓦地想同她打招呼，可夫人那双圆圆的眼珠子却顿时发疯似的团团转。其实她什么也没有看。这回她把短阳伞放在膝上，而后又简直像孩子扛步枪似的，轻轻地将短阳伞扛在肩上，全然不顾忌四周的人，打起哈欠来。大概是夫人的嘴唇特别柔软的缘故吧，她张得圆圆的嘴让人感到震惊，也许是为了让人看到她那美丽整齐的牙齿。然而夫人依然是漫不经心的，吧嗒吧嗒像是发出声响似的，继续眨巴着眼睛。她用眼帘揩拭着快要流出泪水的眼珠子，眼珠子又恶作剧似的骨碌骨碌转动着。

浅田简直想笑出声来。他总想设法让这位似乎全然忘却了震惊和害怕的夫人大吃一惊。所以他一走出停车场，就鲁莽地追了上去，走到她的身边。

"这不是安藤夫人吗？我是浅田。"

"啊。"

"刚才在电车上……"

"呀，原来是一起坐车来着？我全不晓得，太失礼了。"

"哪儿的话，是我失礼啦。记得有一回在银座，您和安藤君在一起，我只见过您一面，可我立即就想起来了。"

"啊。是吗？"

"其实，说来也奇怪，夫人您同安藤君的弟弟新吉君简直长得一模一样啊。"

"啊？"

瞧，浅田露出了会心的微笑，以为她会对此感到震惊。

"您好像越来越像新吉君啦。"

"哟，我只听说安藤有个弟弟，却未曾见过面呢。真有这种奇怪的事吗？您最近见过这位弟弟吗？"

"是，经常见。"

本来就是胡扯的。近三四年来，他未曾见过新吉。

安藤的书斋里，书桌上摆着宛如白孔雀尾的丁香花，显得十分奢华。镶嵌在墙壁里的书架，在感觉上有点像衣橱。在门扉上，不可思议地用夜光贝镶嵌着恍若飘散的红叶，这也是高尚的日本风格。庭院里栽满了仿佛在燃烧的深红色的杜鹃花。

夫人依然是方才的那副姿态。她端上茶来，把浅田刚才的微笑全都夺到自己的脸颊上来。

"浅田先生说，我的脸长得越来越像新吉啦。"

"你说什么？"

安藤的脸色比丁香花还苍白。夫人一副若无其事的样子，走出了书房。浅田的额头上，感受到安藤的视线传来的痛楚。

第二次造访时，安藤书斋的书桌上只摆放着一朵蔷薇花，是黄色的花。庭院里的杜鹃花恍如恶魔的血，已经凋零。

安藤走出书房的间隙，夫人走了进来。

"浅田先生，您说了不得了的话啦。打那以来，我们家里变得就像暴风雨前夕一样寂静。"

"暴风雨？"

"对。"

"所谓暴风雨，太滑稽了。"

"您觉得太滑稽，那是您太糊涂了。"

"可是，那是我信口胡诌的呀。"

"撒谎。"

"什么撒谎！那时候夫人在电车上对人太冷淡，所以我想让您大吃一惊，才……"

"您不可能糊弄我呀。安藤相信您的话，我也不能不信，我不晓得新吉君的脸长得怎么样。瞧！上次您来的时候，那里……"

夫人说着，指了指虞美人花的画。

"那里本来挂着父亲的肖像画。您回去以后，安藤马上把肖像画取了下来。有一回，他说弟弟比他长得更像父亲。后面换上的风景画嘛，是可以望见海的人家的庭院，可是庭院里有白色的长凳子。一看到那幅画，不知怎的，我总觉得那座庭院很眼熟，我好像曾经在那长凳上坐过。说不定那是新吉家的庭院呢。这是我的空想呀。我真想让您看看那幅画啊。新吉家的庭院里有用草棚围起来的花园。不知是什么缘故，满院盛开着低矮的红花，不是吗？不知是不是察觉了我这种心绪，他这回又换上虞美人花的画。这样一来，我又开始想象新吉家的庭院里开的虞美人花啦。"

"岂止是新吉的家，我连新吉本人都四年没见面啰。没想到我的胡诌竟造成了这样的局面。这是在人生倦怠的园地上绽开的幻想之花，您要再振作精神……"

"不，这是新的神秘啊！"

浅田本是新吉大学预科时代的校友。新吉自从同寄居在他家的乡下亲戚家的姑娘结婚后，就离开了家。这位姑娘不是身为哥哥的安藤的未婚妻，唯有这点是千真万确的。除此以外，还有什么事呢？浅田就不得而知了。

秋高气爽，浅田的母亲神经质地只顾打扫庭院。电灯上的老蛾翅膀的粉末飘落下来。她刚想把摆放在壁龛里的胡枝子花扔掉，实在出乎意料，夫人竟领着一个带孩子的女人前来造访。

在他的房间里，夫人从那女人手里把婴儿抱了过来。裹在白绢中的婴儿睡着了。

"浅田先生，我想让您看看这孩子。请您看看他的长相像不像新吉。"

"您说什么？"

他吓了一跳，望了望夫人的脸。她的脸颊略见消瘦，血色反而显得更好看，眼圈周围隐约地显出了皱纹。她的视线集中落在膝上的婴儿身上。

"不是看我呀，而是请您看看这孩子。"

"夫人，我已经很长时间没见过新吉了……"

"您又糊弄人……"

"哪儿的话。"

"暴风雨呀，我和刚生下的婴儿一起被赶出了家门。安藤认为我同新吉偷偷地幽会，以为我生下的是新吉的孩子。可我却连见都没有见过新吉这个人啊。不过，我觉得丈夫所说的也是真的。对吧？这个孩子真的很像新吉吧？难道我是在迷恋新吉吗？"

"绝对不像。如果您和新吉住在一起的话，那么还有可能考虑到像的问题，可是……"

"常识性的谎言，我听够啦！"话音刚落，只见夫人愈加把睁大的眼睛迫近过去。婴儿被惊醒，大声地哭起来。

"啊，好了，好了。"夫人边哄边摇晃着婴儿。她忽然非常担心，眼泪夺眶而出。

"妈妈会给你找个真正的爸爸的，你和妈妈一起去侦探爸爸好吗——浅田先生，就算我拜托您啦，请您帮我去新吉那儿，请马上去！"

　　夫人直勾勾的眼神，让他想起了某个时期的新吉。这时候，他才第一次明白了孩子和夫人都很像新吉。

穷人的情侣

用柠檬化妆，是她唯一奢侈的嗜好。所以她的肌肤又白皙又细嫩，仿佛散发出一股清香。她把柠檬切成四片，用一片挤出一天的化妆液。剩下三片，用薄膜纸将切口蒙上，珍惜地贮存起来。倘使不靠柠檬液凉爽的刺激，让她的肌肤冰凉，她就感受不到是清晨。她背着恋人，把果汁涂抹在乳房和大腿上……接吻以后，男人说道：

"柠檬。你是从柠檬河里游过来的姑娘……喂，我舔到柠檬，就想吃橙子啦。"

"好啊。"女子拿了一枚五分的白硬币去买小橙子。所以，她不得不放弃浴后将柠檬液涂抹在肌肤上所感到的喜悦的享受。他们家中，除了一枚白硬币和柠檬的清香以外，一无所有。她连旧杂志也不能卖掉，因为恋人要摞起来当作桌子，而且在徒然地撰写长篇戏剧。

"这剧本里，有一幕是为你而写的。给你安排了柠檬林的场景。我没见过柠檬林，在纪伊却见过春色满园的蜜柑山。秋天宜人的月夜，还有许多游客从大阪一带前往参观。月光下，蜜柑恍如鬼火，星星点点地浮现出来，简直像是梦中的火海。柠檬的黄色，远比蜜柑的黄色更明亮，更是温暖的灯火。在舞台上，倘若能表现出这样的效果……"

“是啊。”

“你觉得没有意思吗……当然，我也不写这种南国式的明朗的戏剧。要不是待到更出名、更发迹以后……”

“人嘛，干吗非得出名发迹不可呢？”

“不然，活不下去嘛。事到如今，我也没有指望出名发迹了。”

“什么出名发迹，何苦呢。出名发迹了，又有什么用？”

“嗯，光是这点，你也是属于新潮派呢。如今的学生，甚至连自己立足的根基是可恨还是不可恨都表示怀疑哪。他们知道必须摧毁，而且也将会摧毁这个根基。想要出名发迹的家伙，必须在知道将会摧毁的基础上架起云梯。爬得越高，就越危险。明知如此，不仅周围的人，连他自己也是想硬往上爬。再说，如今所谓出名发迹就是昧良心。昧良心是时代的潮流。贫穷而暗淡无光的我是另一种老顽固。尽管贫穷，也许像柠檬般的明朗就是新潮呢。”

“然而，我只不过是一个穷人的情侣罢了。男人大都认为只要出名发迹就好，一心就想出名发迹……女人却只有两种类型，一种是穷人的情侣，一种是富人的情侣。”

“不要太夸张啦。”

“不过，你一定会出名发迹的。真的。我观察男人的眼光，犹如命运之神，是不会错的。你肯定会出名发迹的。”

“然后就将你抛弃吗？”

"准会的。"

"所以，你就不想让我出名发迹啰。"

"哪能呢。不论谁出名发迹，我都是很高兴的。我自己就好像一个孵着出名发迹之卵的鸟巢。"

"别发牢骚，回忆先前的男人并不是一桩愉快的事。就说你吧，光从你用柠檬液化妆这一点来看，也够得上贵族啦。"

"哟，瞧你说的。就算一个柠檬值一角钱，切成四瓣，每份只值二分五厘嘛。我一天只花二分五厘。"

"那么，你死后，我在坟前给你种棵柠檬树好吗？"

"好啊。我常爱幻想，我死后可能连石碑都不立，充其量立一块穷人的木牌。不过，可能会有些成名发迹的人物，身穿晨礼服，乘坐汽车来我的坟地参观吧。"

"请不要提那些成名发迹的男人的事。把成名发迹的幽灵统统赶出去！"

"可是，你很快也会成名发迹的啊。"

正如她所说的那样，她犹如命运般的信念是不会动摇的。的确，她观察男人的眼光是不会错的。她不曾让没有出人头地的有才能的男人做她的恋人。她的第一个恋人是她的表兄。表兄原先有个富有的表妹做未婚妻。他抛弃了这个富有人家的小姐，同她住在一所简易公寓的二楼上，他们一贫如洗。大学毕业那年，他通过外交官考试，以名列第三的成绩被派往驻罗马大使馆，富有的表妹的父亲低头央求她，她就退出了情场。她的第二个恋人是一个学医的穷学生，后来他抛弃了她，与给他提供医院建筑经费的女子结婚了。她的第三个恋人是一个穷收音机商，他说，从她耳朵的长相来看，他的钱财会流走的，于是他将坐落在背巷的店铺迁到大街上，而背巷的房子原来是他小老婆的家。就这样，她连同他当年的贫穷时代一起被搁置在背巷里了。她的第四个恋人……第五个恋人……

她的恋人——穷戏剧家，自从一些激进派的社会科学研究家频繁进出他家之后，好不容易写完了一部长篇戏剧。他履行了诺言，写了柠檬林。写是写了，然而他在现实社会中无法找到明亮的柠檬林。柠檬林是全剧的尾声，在他所说的根基颠倒过来之后，理想世界中的男女才得以在这柠檬林中相会和倾谈。可是，他写了这部戏剧，和一位话剧团的名演员坠入了情网。按照惯例，柠檬女又退出了情场。犹如她预料的，他也出名发迹，爬上天梯了。

她的又一个恋人，是一位经常到戏剧家家里高声大喊大叫的职工。但是，也许是上帝赋予她观察男人的感觉到底迟钝了的缘故，这个男人没有出名发迹。不仅如此，他作为煽动者，失去了职业。她也丧失了观察男人的感觉。对她来说，这是活生生的感觉。她完了。她是对出名发迹感到厌倦了呢，还是犯了某种意味深长的判断上的错误？

为她举行葬礼的那一天，戏剧家的戏堂堂皇皇地搬上了舞台。扮演女主角的是他的新恋人，从她的台词中，他感到她在模仿柠檬恋人的口吻。在这出戏以辉煌的成功宣告结束的同时，他把这幕尾声中的舞台上的柠檬果全部装上了汽车，向穷人的情侣的墓地疾驰而去。然而，在她的木牌前，大概有人上供了吧，点燃着层层叠叠的柠檬灯。光灿灿的灯火，恍如一层层摞起的十三日之夜的月亮。

　　"原来在这种地方也有柠檬林啊？！"

金钱路

这是大正十三年九月一日的往事。

"喂，老太婆，该走啰！"

聪明伶俐的乞丐阿健（健太）从刨花中拽出了一双破军鞋。

"老太婆，你知道外国的上帝吗？那上帝在人们沉睡的时候，把幸福装进鞋子里呢。每年岁暮，家家商店都挂着袜子出售呢。那就是……"

阿健说着将鞋子翻倒过来，把鞋子里面的土抖搂出来。

"要是里面装满硬币，可以装多少呢？一百？一千？"

老太婆依然靠在那堵未干的只抹了底灰的墙上，茫然若失地摆弄着红梳子。

"是个年轻姑娘吧？"

"你说什么？"

"我是说丢了这把梳子的人。"

"是啰。"

"是十六七岁？你看见了吗？"

"算了吧，老太婆。你又想起死去的女儿了吧？"

"今天是她的周年忌辰。"

"所以才到被服厂遗址去拜祭吗？"

"要是去被服厂，我就把这梳子给女儿供上。"

"行啊……不过，老太婆，想女儿也要适可而止嘛。你不能想想你年轻的时候吗？昨天晚上，我回来上二楼看了看，只见一对男女从刨花中钻了出来。他们躺过的地方还是温热的。我在这温热的地方躺下来等你哪。可你呢，捡了一把红梳子就只顾哭，不是吗？我和你一起乞食也快一年了呀，哪怕一次也好，我多么盼你变年轻，我们结为夫妻，死也甘心啊。你知道吗，最近在遗址上新盖的房子里，到处都有年轻人躲进去偷偷狎戏。我还不到五十哪。"

"我可五十六了。死去的丈夫比我小两岁。我曾做了一场梦，被服厂死了的人，成千上万的人，都齐集在一起通过了那长长的桥，走向遥远的极乐世界！"

"那么，一起走吧。今晚能喝到甜酒啦。到那边，我把左脚的鞋子借给你，因为右脚的鞋子我穿惯了。"

阿健趿拉着又肥又大的军鞋站起来，给老太婆掸掉腰间的刨花。

去年九月一日大地震时，老太婆的家人在被服厂里一个不剩地全被烧死了。

老太婆被救出来，收容在市政府盖在浅草公园内的简易木板房里。

聪明伶俐的阿健本来就盘踞在公园里，趁着震后的混乱，佯装灾民领取了配给的衣服和食品。一些乞丐从简易木板房被撵走的时候，阿健早已同孤身一人的老太婆混熟，让老太婆认作小叔了。但是，市政府没有理由总让能劳动的男人靠救济来维持生活，再加上他已习惯乞食的生活，所以两三个月后，他就离开了市政府的救济站。

可是，老太婆已经离不开阿健，不知不觉间已经变成必须依靠阿健才能生活了。此后两人一起乞讨度日。当时，半个东京已成废墟，在废墟上又新建了许多房子，他们辗转在修建中的房子里，从这家到那家，以求夜间遮风避雨。

那天，钦差大臣来到了被服厂遗址。总理大臣、内务大臣和东京市长在祭场上宣读了悼词。外国大使们献了花圈。

十一点五十八分，一切交通机关都停车一分钟，全体市民都默哀悼念。

由横滨一带聚来的轮船从隅田川各处往返于被服厂的岸边。汽车公司争先在被服厂前临时设站。各宗教团体、红十字医院、基督教女校都在会场设了救护队。

明信片商纠合了一伙流浪汉，派他们去偷偷贩卖地震惨死者的图片。电影公司的摄影师手拿高三脚架来来往往。成排的兑换所给前来参拜的人将银币换成做香资用的铜币。

青年团员身穿制服，沿途警戒。吾妻桥东和两国桥东的简易木板房家家户户张挂着凭吊的帷幕，用泉水、牛奶、饼干、煮鸡蛋和冰块来招待参拜的人。

去年的悲剧尾声的舞台上，阿健挤在数万人的人群中，像要提起来似的抓住了老太婆的胳膊。在白木上缠着黑白布的高大的门前，阿健麻利地脱下左脚上的鞋子，让老太婆穿上。

"把右脚的草鞋脱掉吧。喂，打赤脚才好呢。"

人们在围着木桩的路上推推搡搡，摩肩接踵地拥来，一步步逼近积骨堂的正面。人流的前方，正在下着黑色的骤雨。

"瞧，老太婆，瞧那儿，都是金钱。是金钱雨哪。"

眼前展现出一大片花圈和莽草供花，恍如华丽的花林。脚板忽然感觉有点凉丝丝的。是金钱。

"啊，痛啊！"

"痛！"

人们开始有点畏缩了。是金钱。脚板底下全是铜币和银币，一大片都是金钱。人们走在金钱上。积骨堂前面的白木上堆成一座金钱山。拥挤得不能动弹的人群还没有走到前面就投钱了。这些钱像冰雹似的劈头盖脸地落个不停。

"老太婆，明白我的招数了吧？好好干，拜托啦！"

阿健的声音带点震颤。他连忙用左脚趾将钱捡起，放进右脚的大鞋筒里。

越靠近积骨堂，冰凉的路上堆积的金钱就越多越厚。人们已经走在足有一寸厚的金钱路上了。

他们拖着沉重的鞋子，逃到寥无人声的大河岸边，蹲在生满锈的洋铁皮屋檐下，这才发现那里聚集了许多船只和人群，好像隅田川两国桥下在举行焰火大会似的，不由得大吃一惊。

"啊，死了也痛快啊！我总算在金钱路上走过来了。啊，惶恐，真惶恐啊！我竟缩手缩脚，好像走在地狱的针山上啊。"

阿健吓得脸色苍白，老太婆的脸上反而飞起一片红潮，显得神采飞扬。

"我的心房扑通直跳，真像做姑娘的时候，阿健。若论在银币路上行走时那股子舒服劲儿，简直像是被心爱的男人咬住脚心一样啊。"

老太婆把左脚的鞋子脱了下来。阿健瞧了鞋子里面一眼，禁不住惊叫起来：

"哎呀，真有你的，捡的净是银币！"

"敢情谁还那么傻去捡铜币呢，你说对不？"

"嗯。了不起。"

阿健仔细地端详了一下老太婆的脸。

"我到底还是乞丐命啊……在连自己的腰带都无法瞅见的人流里，

竟然连银币、铜币都分辨不出来。我不能踩钱，才捡了十枚铜币，脚就畏缩了起来。在节骨眼上，女人的胆子真大啊！"

"瞧你说什么呢，快来数数。"

"五角、六角、八角、九角、一元四角……二十一元三角，还有很多呢。"

"喏，阿健，我连给女儿上供梳子的事都给忘了。那梳子还揣在怀里哪。"

"女儿也无法成佛了吧。"

"我把它放在这只鞋子里，扔到河里漂去给她。"老太婆像个少女，振臂一挥，就将鞋子扔在大河里了。

"数钱嘛，明儿再数好啰。阿健，买点酒去，买条加吉鱼去。今晚是我的……出嫁的好时辰。听明白了吧，阿健？你愣着干什么？小冤家。"

老太婆的眼睛奇怪地闪烁着水灵灵的青春的亮色。

红梳子从"噗噗"往下沉的鞋子里漂浮上来，顺着大河静静地流去。

士族 [1]

六月间的一个晌午过后，静悄悄的，林中的树梢摇曳着倒映在温泉澡池里，他听见女澡池里的说话声。原来是妇女们的喧嚣声，她们各自把婴儿抱在青蛙般的肚皮上，互相让对方观看。

"这个孩子嘛，太太，他不喜欢小玩具。我家先生说，不久孩子会走的时候，如果不搬进更宽敞的房子，孩子肯定不答应。"

"真了不起呀，小少爷。把房子当玩具看，就像天狗嘛，将来一定是个比梁川庄八更强的豪杰。"

"不过太太，如今是个讲学问的社会……"

"哎，也是啊，这孩子怪得很，他可喜欢报纸呀图画书什么的。只要一给他报纸或图画书，他就会乖乖地看哪。"

"哦，真了不起。可是太太，这孩子一抓到报纸就往嘴里塞，连图画书也撕碎放进嘴里吃呢。不管什么，只要抓到手就往嘴里塞，真没办法呀。"

"可我这孩子，从不把东西往嘴里送。"

"啊！真干净，太好了。看样子好像不太喜欢吃东西呀。"

于是妇女们亲切地互相看人家的孩子，但绝不说心里话。这些女

---

1 日本明治维新后，授给原武士阶层的称号，在华族之下，平民之上，但没有任何特权，现已废除。

人扬起了欢快的笑声。

他刚一走出澡堂，就窥视了一下女澡堂。只见脱衣处的镜子里映现着像死章鱼般的乳房，以及像那乳房般的婴儿脑袋在摇晃。

梅雨间歇，潮湿的路边堆积着的沙石干了。沙石上的洁白少女一看见他，忽然将膝上的画板收到了怀里。

"他是那里的画家啊。"姑娘指了指他的画室，对身旁的少女们悄悄地说了一句，脸颊上飞起一片红潮。少女的媚态吸引了他。他窥视着少女的胸脯。少女画的是前方草顶房子的水彩画。他不看草顶房子的水彩，而是看宽松夏服里胸脯的颜色。姑娘那没有穿袜子的脚，在沙石上恍如花茎般伸展。

"画本来就是给画家看的嘛。"他说着把手搭在画板上，不料画板从少女胸口滑落了下来。正在这时候，少女尖叫了一声：

"妈妈！"

他吃惊地回过头来，只见刚才抱着婴儿的那个女人站在对面房子的门口。少女连看都没看一眼地呼唤母亲。她站起身来，恍如一朵洁白的花摆在慌了神的他胸前。她一边窥视他手中的水彩画，一边就要从沙石上倒下来。那位母亲消失在房子里，其他少女站起身来，等待着他对这幅画品评。

"那里是你的家？"

"哦，是的。"

"你的弟弟是世界上最年轻的报纸读者啊。"

少女像燕子那样歪着头。他温柔地笑了笑，接着又加上第二句挖苦的话：

"据说你家是士族，真了不起呀。"

不知从什么时候起，他养成了这样的毛病，即在来回澡堂的路上总要看看少女家那块稀罕的姓名牌。"伊达藩士族 冲山兼武"。他想到时至今日，这男子在东京郊外租间简陋的住房，还要特地挂出"伊达藩士族"这种招牌，不由得露出了苦笑。一听到"伊达藩"这三个字，他脑子里浮现出来的，是在农村温泉场心情浮躁地看了《梁川庄八》这部电影的情景。

因此，当他知道在澡堂说"将来一定是个比梁川庄八更强的豪杰"的女人原来就是这个伊达藩士族的老婆时，滑稽得差点拍膝笑出声来。她说婴儿看报纸和图画书的谈吐，使他眼前清清楚楚地呈现出自称士族之家的生活场景来。但是，士族的妻子对关于自己丈夫的藩的情况，也许只知道《梁川庄八》这段讲谈中的一个豪杰名字罢了。而这个舒坦地穿着洋装的姑娘，却像燕子般轻盈地从挂着"伊达藩士族"名牌的家飞了出来，不是吗？讽刺与燕子是无缘的。

"色彩很好，不过线条可以画得更轻快一些。像士族那样的画可不行啊。"

他本想说：比如像你那样一直露出大腿……少女面对他这句第三次挖苦的话，也还是像洁白的花一样笑了。

"如果喜欢画就到我家来吧。我有的是图画书，可以让你看。"

"现在马上就去，行吗？"

他点了点头。少女的脸颊露出了要强的神色，毫无顾忌地跟着他走。哈哈，他为了掩饰自己的苦笑，吹着悠闲的口哨，一边看着自己的脚一边走。他渐渐感到这个姑娘毕竟是个士族。招徕一些脏兮兮的少女画水彩画，向他这个画家献媚，把母亲叫到门口，留下其他少女独自一人到他家来，总之这一切举止都只不过是想感受到自身是个士族罢了。

他像拍了一下似的，把手掌落在少女的肩上，指尖使劲，仿佛要攥碎这个士族。

"我给你画张肖像画吧。"

"呀，太高兴了。是真的吗？"

"当然是真的。今天就穿着这身洁白的服装，我给你画。不过，你也看过各种画展，一定也知道的吧，画人体，如果不是裸体就画不出好画来。就说你吧，如果不是裸体，就画不出你真正的美来。下次，你能裸体吗？"

少女像新娘子似的露出害怕的神色，点了点头。他吓了一跳，像被针扎了一样。

然而，这也太像士族的胆量了。为什么呢？因为在画室里只和少女两人在一起的时候，他意识到了内心的士族的道德。就像吃报纸的婴儿那样，尽管他理应把士族的女儿从花茎般的脚开始，狼吞虎咽地吃光……

仇敌

　　在昏暗中，女影星一边观赏自己主演的影片，一边扑簌簌地流下了眼泪。

　　过去，双亲是她的第一号仇敌，兄长是她的第二号仇敌。打这以后，社会上的人几乎都成为她的仇敌，特别是男人。而且每增加一个仇敌，她就得迈一步通往黑暗深渊的台阶。

　　在银幕的世界里，她扮演一个可怜的少女，眼下她就要被双亲卖给一个男人。

　　观赏电影的她，被人观赏的她，两个她同时都哭了。随着影片的进展，这两个她都一起感受到被夺走处女之身的悲哀。

　　她不是在回忆过去那个可怕的时刻，而是仿佛现在自己正身临其境。就是拍这场戏的时候，她也觉得自己并不是在演戏，而是在再次经历过去那段可怕的往事。

　　就是说，迄今她已经三次被夺走了处女之身。换句话说，她曾是三次处女。

　　第三次悲哀最高潮的时候，一男一女被领到了她前面的客座上来，她情不自禁地想打声招呼。这两人是与她在同一家电影制片厂的女明星和导演。

那女明星马上回过头来，仿佛要将自己白皙的侧脸移到她那哭丧的脸跟前，对着导演低声地说：

"瞧，看起来还是不像纯真的处女呢。体形全变了。瞧，连胸部都……"

"啊，恨不得把她杀掉！"她一跺脚就从椅子上站立起来，仿佛把刀刃扎在地板上似的。

有生以来，她第一次遇上了真正的仇敌。

这时，这女明星已是第四次从她那里夺走了处女之身。而且这回已经形影不留。

——男人是绝不会从女人身上夺走处女的。

焚烧门松

时值正月装饰松枝期间[1]，可是热海的气温竟达华氏七十几度，一连两天简直像初夏的日子。报纸以"受骗开放的梅花"为题，刊登了东京公园梅花绽开的图片，东京似乎也暖和。因此我反而感冒了。连续两天暖和之后，一到门外，就觉有股寒气直侵脊梁骨。

十三日傍晚，我上床就寝，一觉未醒。待醒来吃过晚饭后，已是晚上十点多了。然后我就同加代下围棋。我劲头十足，可是对方的棋着很不对路数，每着棋都触动我的神经，真是毫无办法。

"你这家伙脑筋多么糟糕啊！凭你这种脑筋，还常说要搞什么学问。"

加代满脸不高兴，沉默不语。她女校尚未毕业。因此，她希望首先拥有女校的学历。不能说因为她围棋下得不好，就迎面把她这个希望打个粉碎，这样做她肯定会很恼火的。

在沉默的过程中，加代的情绪又高涨起来，开口说出她想睡的时候，已近凌晨两点了。一泡进温泉，她就说：

"听，听！别说话，又来了！"

1　日本新年期间在正门装饰松枝，时间从一月一日至七日或十五日。

她把身子缩在温泉水里，害怕得要命。屋顶上传来了响声。

"听！"

她这么一说，我也屏住气息，一动不动。可是，好像什么事也没有。

"这种房子，本月底就换吧。"

"好，换吧。"

如果还像前些日子那样，小偷从厨房天棚的采光窗往下面偷看的话，那么就正好是在洗澡间的屋顶上嘎吱嘎吱地走。这种事一周发生两三次，真叫人受不了。前些时候，没想到那个毛贼竟敢两次前来光顾。再说，外贼也不大可能总窥视同一家人。然而自从前些日子以来，一到夜间，加代连厨房都不敢去了。而且我一到夜深人静时，耳朵总听见家中到处有木头响的声音。

我有生以来从未想象过自己家里还会有小偷光顾之类的事。因为一旦有小偷进来光顾过，下回就会觉得总有人在偷看似的。常言道"看见生人就当他是小偷"，加代此时的心情，就有点像这种情况。在街上走，我多看一下某个孩子的脸，她就会边笑边问道：

"不是那个人吧？"

两三天前，在一个要闹暴风雨般的夜晚，我们去看电影，坐在我身旁的一个孩子的长相酷似头天夜里来的小偷。在昏暗中看他的侧脸，不是心理作用的关系，实际上着实相似。"这是多么凑巧的奇遇呀。"我感到这仿佛是命运在作弄人，不禁笑了起来。待到亮灯的时候，一看，原来是个穿中学生制服的学生，长着一双漂亮的手。那个小偷的手好像没有这样漂亮。

总之，有过这样的事，我也不笑加代那股子害怕劲儿。

加代钻进二楼的睡铺后，还说："再晚点睡吧。"

她待到十点再睡。我反正睡不着。

"听，那声音，那声音。不是已经来了吗？"

屋顶确实在响，注意听就能听见有人蹑足而行的声音。加代刚迷迷糊糊地进入梦乡，又被噩梦惊醒了。

"刚才好像有人走了进来，站在我枕边，我的头已经麻木，动弹不了……"她说。

"喂。"过了一会儿，这回是我把加代摇醒的。

"喂，那是什么声音？'嘎、嘎、嘎'地响呢。"

"那种声音，刚才就听见来着。"

"是不是有人用锯子在锯大门的横格子？"

"嗯。"

传来了锯子锯木头的声音。我站起身来，打开了木板套窗上的采光口看了看。庭院里没有人影。透过对面旅馆后门的玻璃门，可以看见那里铺地板的房间里有三四只小耗子四处乱窜。以为是锯子发出的声响，却原来是远处敲打大鼓的声音。

“那是大鼓声呀。”我折回睡铺，刚要睡觉，又传来一阵更响亮的大鼓声，沿街乱敲一气走了过来。

“奇怪呀，难道是闹火灾了？”

“没准。”

“假如是火灾，理应敲响警钟呀。莫非是小偷？是不是为了抓小偷才鸣大鼓，把镇上的人都叫醒的？”

大鼓好像不是一两个，交相地乱敲一气，还传来了群众哇哇的叫喊声。

“会不会是山林火灾呢？还是暴动呢？会不会是东京闹大火呢？是不是贼人攻到热海来了呢？”

直到手枪声响以前，相交传来一阵阵大鼓声和叫喊声。是不是被镇上的人们围困着的盗贼开了手枪？

“去看看怎么样？”

“算了，不要去啰。”

“究竟发生了什么事呢？”

“不是举行什么仪式活动吧，好像是祭祀庙会呀。”

她这么一说，又觉得那像是抬着神轿绕过来的声音。

“就算祭祀庙会，那样兴师动众，把全镇的人都搅醒了，未免有点滑稽啊。”

“是船只遇难了吧。”

"就算是，也不会在这样的夜晚呀。"

"是啊。"

"是大喷泉喷出来了吧？"

我又站起身来窥视了一下外头。右侧的山岗上，火和烟冉冉升起。

"外面在焚烧呢。"

"这么说，还是船只遇难啰。"

"那就应该在海岸边焚烧嘛。"

不知怎的，大鼓的声音竟敲得让我们活跃起来了。

"已经没有什么可怕的了，人们都起床了，闹得乱哄哄的。"

"嗯。"加代的声音也变得明朗了。

过了不大一会儿，加代若无其事地说："我们分手吧。"

"那也好。分手后你怎么办？"

"我和妹妹租间房子，让妹妹上学，我也去上夜校，白天找工作做。但是，你每月得给我们钱，否则不好办呀。"

"多少钱？"

"七十元就够了。"

"可是女校毕业后怎么办呢？你所求的不仅仅是女校毕业吧。"

"我还想学更多的东西。"

"学什么？"

"历史和文学。"

"嗯。然后当女校的老师是吗？"

"不来了，讨厌！"

然后两人开始精打细算，靠七十元钱，加代和妹妹能不能生活下去……我的心情简直就像在写童话故事似的。

"这样一来，你怎么办？"

"这个嘛，我也租房住呗。"

"那么，我把厨房用具都要走。"

"那些东西都给你……如果有钱，我就把公债买下来，这样就可以得到两千元的补贴金哪。"

加代安详地睡着了。海上传来了长长的汽笛声。还是船只遇难了吧。大鼓的声音还在继续响着。海上的天空大概已是朝阳璀璨，一片白茫茫了。

然而，与加代分手后住进租借的房间里，现在想来更觉微寒了。最后旅行结束，回到东京，说不定还是会请求加代让自己住在她家里吧。但是，没有说出任何理由，所以就像童话故事一般，加代说出了分手的话。我犹如看到被囚禁的野鹿逃回山中的姿影，觉得十分爽快。与其和男人生活在一起，不如上女校更有意义，这种想法也很有意思。不是因为这种事，而是她有她的某些想法，不知为什么，这使我感到很快活。

中午我起床，走向那投进了明媚阳光的餐室。加代正在洗衣服，她走了出来。

"据说昨晚敲响大鼓，是为了焚烧门松呢。"

"哦。"

"听说每年镇上的孩子都聚集在一起焚烧门松呢。他们为了不让人以为是闹火灾，就在镇上敲响大鼓来报信。还说是冥河河滩神之日。据说，从前比这更盛大、更热闹呢。最近学校的老师管理比较严厉。这是热海每年照例举行的活动仪式。"

"这种活动很有意思。不过我们家的门松，他们大概不给焚烧吧。"

因为年终岁暮，孩子们都来募捐，说是为了供奉冥河河滩神。正月里，孩子们又前来取捐款，说是要焚烧门松。不知什么原因，这次拒绝了。

可是，走到门外一看，大门的门松没有了。

"喂，我们家的门松没有了。什么时候拿走的呢？"

"真的，什么时候拿走的呢？"

不知怎的，我觉得很高兴。

附录

打开川端文学之门的钥匙

叶渭渠

掌篇小说是川端文学世界的重要组成部分。

一般日本作家的成功之路是从创作诗歌开始的，而川端康成则是从创作掌篇小说开始迈出了自己的艺术步伐。在新感觉派同人中，川端大力倡导这一艺术形式，认为这是"短篇小说的精髓"。他的作品中掌篇小说最多，也最有成就，先后发表了四部掌篇小说集，共一百四十余篇，其中四分之三是在创作初期发表的。他的许多中长篇小说和短篇小说都是经过掌篇小说的发酵、酿造，然后提炼、改造而成的。可以说，川端的掌篇小说是川端文学的酵母，也是川端文学的源头。

川端康成早期创作的相当部分的掌篇小说，是描写孤儿的生活和感情的波折，如《拾骨》《向阳》《母亲》《相片》《脆弱的器皿》《走向火海》《处女作作祟》等，都带有强烈的自叙传色彩。作家青少年时代的生活，是由苦涩、寂寞、忧郁编织成的，这种感情反反复复地出现在他的作品中，比如"孤儿的感情"、恋爱的失意、对爱的渴望，以及这种渴望不能实现的悲哀等。在这类作品中，只有《雨伞》等小说描写了恋爱生活的甜美回忆。

川端小说中所表现的对下层人物的那种淡淡的同情和哀怜，在他的掌篇小说里得到了集中、充分的反映。如《玻璃》《海》《脸》《结发》《谢谢》《早晨的趾甲》《母亲的眼睛》《偷茱萸菜的人》等作品中的童工、劳工、小保姆、女艺人、艺伎、乞丐、捡破烂的、代书人、穷学生等渺小人物，都是他关注的对象，从细微处剪影式地描写了他们的悲苦生活，代言了他们的疾苦与愿望，反映了他们对自由的渴望、对生命的悲叹。这些作品包含了许多人生的见解。

岛木健作评说："这些作品反映了广泛而深刻的人生……带给人间温暖，直接触动了人们的心弦。同川端后期的作品不同，这些作品像被洗涤过一样清澈澄明，使人从中感受到美、思慕和悲喜的人性。"有的评论家甚至将川端的掌篇小说《玻璃》所反映的悲惨劳动生活与叶山嘉树的代表作《水泥桶里的一封信》相提并论。应该说，川端康成的这一掌篇小说群是川端文学最闪光的部分。

川端的小说，描写男女爱情的最多，他的掌篇小说也不例外。尤其是描写少男少女之间的纯情，如《蟑虫与金琵琶》《树上》《秋雨》《少男少女和板车》《相片》等更是妙笔生辉，写得那样纯真、美好，又那样朦胧极致，展示他们之间天真无邪的纯洁感情。但是，川端笔下的多数爱情故事，如《娘家》《夏与冬》《殉情》等，都写了追求爱情而不得，流露出几许感伤的情调。作家本人也表白：这类掌篇小说"支撑着爱的悲哀"。

还有一类以爱情为主题的掌篇小说，如《金丝雀》等，写了道德与背德的矛盾冲突，揭示了男女不正常爱恋的复杂心态，在某种程度上展露了他们对不伦行为的内疚心绪，与作家所写的长篇小说《千只鹤》《山音》似是同一类。而这类小说发展至后期，就往往通过梦幻与现实、具象与抽象、过去和现在的交错手法，表现了生、死、爱的颓废情调。如《不死》《雪》等，无论从内容或形式上，都与作家的《睡美人》《一只手臂》十分相似，其颓废精神也是十分契合的。实际上都是写老人与少女超越时间、生死、现实与梦幻界限的恋情，追求一种颓废美、意境美。

作家的掌篇小说的主题与题材，比他的其他形式的小说广泛得多，有写战争给人们的生活和爱情带来创伤和投下阴影的，如《竹叶舟》《五角钱银币》；也有写日常生活，来讥讽虚情假意或者讽喻人生的，如《人的脚步声》《不笑的男人》《厕中成佛》等，都蕴含着一定的人生哲理，让人沉吟回味，给人以启迪。

川端康成的掌篇小说，首先在于意境美。他不是以故事感人，而是以意境取胜，着力追求一种内涵深邃的意蕴。他写下层人物的悲苦生活，没有惊人的矛盾冲突；他写的男女爱情，没有跌宕的情节，他们的故事都是蕴舍在平凡的生活动态之中，在读者面前呈现出一种深邃的艺术境界。

其次在于人物感情富有美的内涵。川端康成的掌篇小说虽极短小，但它保留了构成小说的一切要素，所以他在故事设计、场景安排上更注意简化、浓缩化，而在人物塑造方面则突出人物的特征，尤其着力于人物的心态变化，使人物的感情更加集中，更加富有美的内涵。

再次在于选择语言之精练。作家的掌篇小说语言简洁、凝练、清新，诗意蕴藉，富有旋律，很重感情，尤其运用纯粹的日本语言，以及日本便捷、轻灵的艺术形式之美，使作品具有艺术的力量，有着美的魂灵。

由于有了以上特色，川端康成的掌篇小说虽然短小，但精悍，短者几百字，长者两三千字，却将从生活海洋中撷取的转瞬即逝的小浪花引向无穷的天地，引向美妙的艺术世界。

总括来说，川端的掌篇小说从内容至形式，都是与川端的整个创作一脉相承的。川端文学研究会会长谷川泉先生说得好："川端的掌篇小说是川端文学的重要路标……打开川端文学之门的钥匙，不是《伊豆的舞女》，而是掌篇小说。"

川端康成生平年谱

1899 年	6 月 14 日生于大阪市北区此花町，父亲是个开业医生，川端是家中长子。
1901 年（2 岁）	父亲病逝。随母迁至大阪府西城郡丰里村。
1902 年（3 岁）	母亲辞世，与祖父母迁居原籍大阪府三岛郡丰川村。
1906 年（7 岁）	入大阪府三岛郡丰川普通小学，因身体瘦弱多病，经常缺课，但学习成绩优异。祖母故去，与祖父相依为命。
1912 年（13 岁）	小学毕业，并以第一名的成绩考入大阪府立茨木中学。
1913 年（14 岁）	上中学二年级，博览文艺书刊，并习作短歌、俳句、新诗等，开始立志当小说家。
1914 年（15 岁）	祖父辞世，成为孤儿，顾影自怜。在祖父弥留之际，如实地记录了祖父的状况，写就了《十六岁的日记》。短篇小说《拾骨》《参加葬礼的名人》等，都是在这个基础上重新改写而成的。

1915年（16岁）	在茨木中学开始寄宿生活，直至中学毕业。博览群书，从《源氏物语》到陀思妥耶夫斯基的作品，古今名著皆有涉猎。
1917年（18岁）	从茨木中学毕业，考入第一高等学校。这时期最爱读俄国文学。
1918年（19岁）	初次去伊豆半岛旅行，与巡回表演艺人同行，将与舞女邂逅的感情生活体验，写进了《汤岛的回忆》，成为名作《伊豆的舞女》的雏形。此后，每年都到伊豆半岛旅行，持续约十年。

第一高等学校时期伊豆之旅中的川端康成

1919 年（20 岁）　　　发表描写初恋生活的小说《千代》。

1920 年（21 岁）　　　从第一高等学校毕业，进入东京帝国大学（今东京大学）文学系英文学科，取得文坛先辈菊池宽的支持。

1921 年（22 岁）　　　发表《招魂节一景》。这一年，发生了与咖啡店女招待伊藤初代从恋爱、订婚到感情破裂的事件，并将这一"非常"事件写成《南方的火》《非常》等作品。发表评论文章《南部氏的风格》，第一次拿到稿费。

1922 年（23 岁）　　　从东京帝国大学英文学科转读国文学科。开始从事持续近二十年的文艺评论活动。

1923 年（24 岁）　　　成为菊池宽创办的杂志《文艺春秋》的同人编辑。名字载入首次出版发行的《文艺年鉴》。

1924 年（25 岁）　　　从东京帝国大学毕业。与横光利一等创刊《文艺时代》，发起新感觉派文学运动。

1925 年（26 岁）　　　在友人家初次遇见松林秀子，一见钟情。发表了新感觉派纲领性的论文《新进作家的新倾向解说》。

1926 年（27 岁）　　　开始与秀子同居，寄住在友人家或居于伊豆汤岛。写了新感觉派唯一的电影剧本《疯狂的一页》，发表了《伊豆的舞女》，出版了作品集《感情的装饰》，主要收录了小小说。

1927 年（28 岁）　　　出版小说集《伊豆的舞女》。

1929 年（30 岁）	常逛浅草，结识了舞女们，做了大量采访笔记，开始连载小说《浅草红团》。
1930 年（31 岁）	在菊池宽主持的文化学院担任讲师，还兼任日本大学的讲师。加入中村武罗夫主持的"十三人俱乐部"，创作了具有新心理主义特色的小说《针、玻璃和雾》等。
1931 年（32 岁）	写了新心理主义小说《水晶幻想》。与秀子正式结婚。
1932 年（33 岁）	发表了《致父母的信》，以及体现他生死观的《抒情歌》《慰灵歌》等。
1933 年（34 岁）	《伊豆的舞女》第一次被拍成电影。发表小说《禽兽》和随笔《临终的眼》。
1934 年（35 岁）	被列名在右翼文化团体文艺恳话会的花名册上，其本人事前一无所知。开始连载《雪国》。

川端康成与夫人秀子

1935 年（36 岁）　　担任文艺春秋社新设的"芥川奖""直木奖"的评委。出版随笔集《纯粹的声音》，继续连载《雪国》。

1936 年（37 岁）　　发表《告别"文艺时评"》，宣告不写文艺评论，显示了对战时体制的"最消极的合作、最消极的抵抗"的姿态。发表《花的圆舞曲》。

1937 年（38 岁）　　出版《雪国》单行本，获第三届"文艺恳话会奖"。写了《牧歌》《高原》等。开始连载《少女开眼》，开始写介于纯文学与通俗文学的"中间小说"。

1938 年（39 岁）　　出版《川端康成文集》（全 9 卷，改造社）。观看并记录秀哉名人引退围棋战局，在报纸上发表《我写围棋观战记》。

1939 年（40 岁）　　继续写《围棋观战记》，在报纸上连载。

1940 年（41 岁）　　秀哉名人猝逝后，拍摄了名人的遗容。发表《母亲的初恋》《雪中火场》（《雪国》续章）等。

1941 年（42 岁）　　发表《银河》（《雪国》续章）。

1942 年（43 岁）　　为了写《名人》《八云》等作品前往京都。

1943 年（44 岁）　　赴大阪故里，收养表兄的女儿政子为义女。写了《故园》《父亲的名字》等。

1944 年（45 岁）　　获得第六届"菊池宽奖"。其他活动概不参与，沉溺在古典文学的世界里。发表《夕阳》《一草一木》等。

1945 年（46 岁）　　与友人开设出租书屋"镰仓文库"，热心投入这项工作。

1946 年（47 岁）　　结识三岛由纪夫，并推荐和支持三岛《香烟》的发表，从此与三岛结下师生的情谊。发表《雪国抄》《重逢》等。

1947 年（48 岁）　　参与重建日本笔会的工作，发表小说《续雪国》、随笔《哀愁》等。

1948 年（49 岁）　　担任日本笔会会长。出版《雪国》定稿本、随笔集《独影自命》。创作《再婚的女人》。

1949 年（50 岁）　　连载长篇小说《千只鹤》《山音》。

1950 年（51 岁）　　在广岛举办的"世界和平与文艺讲演会"上发表了以《武器招徕战争》为题的"和平宣言"。开始连载《天授之子》《舞姬》等。

1951 年（52 岁）　　出版《舞姬》单行本，开始连载《名人》。

1952 年（53 岁）　　出版《千只鹤》《山音》单行本，《千只鹤》获"艺术院奖"。发表了《波千鸟》（《千只鹤》续篇）。

1953 年（54 岁）　　被选为艺术院会员。担任"野间文艺奖"评委。开始写通俗小说《河边小镇的故事》。

1954 年（55 岁）　　出版《名人》单行本，开始连载《湖》《东京人》。

1955 年（56 岁）	出版《东京人》单行本等。爱德华·塞登斯特卡节译的《伊豆的舞女》刊登在《大西洋月刊》日本特辑号上。
1956 年（57 岁）	出版《生为女人》等。是年起，作品在海外的翻译出版逐年增多。
1957 年（58 岁）	赴欧洲出席国际笔会执行委员会议，同时访问欧亚诸国和地区。主持在东京召开的第 29 届国际笔会大会。发表随笔《东西方文化的桥梁》等。
1958 年（59 岁）	被选为国际笔会副会长。发表《弓浦市》等。
1959 年（60 岁）	在法兰克福举行的第 30 届国际笔会大会上被授予歌德奖章。是年，在长期的作家生活中，第一次没有发表任何一篇小说。
1960 年（61 岁）	应美国国务院的邀请访美。作为特邀代表出席巴西圣保罗主办的第 31 届国际笔会大会。获法国政府授予的艺术文化军官级勋章。开始连载《睡美人》等。
1961 年（62 岁）	出版《湖》单行本，开始连载《古都》《美丽与悲哀》。获日本政府颁发的第 21 届文化勋章。
1962 年（63 岁）	出版《古都》单行本，发表《落花流水》等。
1963 年（64 岁）	出任日本近代文学馆监事、近代文学博物馆委员长。发表《一只胳膊》等。
1964 年（65 岁）	作为特邀代表，出席在奥斯陆召开的第 32 届

国际笔会大会，归途历访欧洲各国。开始连载《蒲公英》（至1968年，未完）。

1965年（66岁） 辞去自1948年起担任的日本笔会会长的职务。开始连载《玉响》（至翌年，未完）。

1966年（67岁） 受日本笔会表彰，并受赠一尊由高田博厚制作的胸像。

1967年（68岁） 任新开的日本近代文学馆名誉顾问。开始连载《一草一花》等。

1968年（69岁） 获诺贝尔文学奖，赴斯德哥尔摩出席授奖仪式，并在瑞典科学院作题为《我在美丽的日本》的演讲。顺道访问欧洲诸国。

1969年（70岁） 赴夏威夷大学作题为《美的存在与发现》的特别演讲。作为文化使者，出席在旧金山举办的"移民百年纪念旧金山日本周"，并作题为《日本文学之美》的特别讲演。先后被授予美国艺术文艺学会名誉会员、夏威夷大学名誉文学博士称号。

川端康成与电影《伊豆的舞女》中饰舞女的吉永小百合在拍摄现场

回国后又被授予镰仓市名誉市民等称号。生前第五次出版《川端康成全集》（全19卷）。

1970年（71岁） 出席在中国台北举办的亚洲作家会议。作为特邀代表，出席在韩国汉城召开的第38届国际笔会大会。发表《竹声桃花》等。

1971年（72岁） 举办"川端康成个人图书展"。任日本近代文学馆名誉馆长。

1972年（73岁） 出席《文艺春秋》创立50周年举办的新年社员见面会，并作了演讲，以《但愿是新人》为题发表在《诸君》上。4月16日在逗子市的玛丽娜公寓口含煤气管自杀。

1968年12月10日川端康成在诺贝尔奖授奖仪式上领奖

译著等身，风雨同路：
记学者伉俪叶渭渠、唐月梅

1945年9月，在越南西贡堤岸的知用中学里，叶渭渠和唐月梅初次相遇。彼时，15岁的唐月梅在此读初二，而17岁的叶渭渠刚转学至此，两人正值青春年少。

唐月梅学习成绩优异，又有文艺天赋，在叶渭渠来到知用中学时，她已是学校学生会的主席，是学校里的风云人物。当已然80岁的唐月梅老人谈起两人的初遇时，眼神里闪烁着当年的怦然心动："只见一位少年骑着自行车，正好从对面过来。多么神奇的眼神！"

叶渭渠以俊朗的外表和极高的修养，赢得了老师和同学们的喜爱。他思想进步，积极向共产党组织靠拢，逐渐成为地下学联的主席。这个组织旨在宣传新思想，反对国民党的腐败统治，同时参与越南共产党组织的一些活动。这些都是很隐秘的地下活动，所有成员都是单线联系。叶渭渠发展唐月梅加入，自己作为她的联系人。叶、唐二人在校期间曾一同排演话剧，成为令人艳羡的一对。革命和爱情的种子开始在这对青年男女懵懂的心绪中悄然生发。

1952年6月，叶、唐二人正式踏上归国的路途，最终回到祖国母亲的怀抱。二人在北京安顿下来后，准备考大学。一开始叶渭渠的志愿是新闻系，而唐月梅想学医。但周围有人建议，中国此时外语人才奇缺，作为华侨，他们有一定的语言优势，不如改考语言专业。最终，他们双双考入北京大学，就读于季羡林先生领导下的东方语言文学系，主修日语。

1956年，二人在老师和同学们的祝福下举办了一个小小的婚礼。"新房借用的是一位休假教师的宿舍，加两个凳子，再铺上块木板。全班同学合送了一条新毛巾，算是最值钱的家当。三天后，我们就回到各自的宿舍，随后到青岛旅游度蜜月。"就这样，相识十一年的二人正式结为夫妻。

他们婚后的生活一直很清贫。对于生活的艰苦，二人在回国的时候做了充分的心理准备：只要能做自己喜欢的工作，无论怎样都可以适应。在最艰难的时刻，他们流泪烧毁了积攒的日文书籍，只留了一本日汉词典带在身边，每天晚上拿出来背单词。

20世纪70年代末，叶渭渠和唐月梅才真正开始日本文学的翻译和研究。此时他们的家庭负担异常繁重，上有老、下有小。他们只能挤在逼仄的杂物间里伏案工作。唐月梅回忆："我们只能在杂物间支起一张小书桌，轮流工作。老叶习惯工作到深夜，我则凌晨四五点起床和他换班。"正是在这样窘迫的环境中，两人完成了《伊豆的舞女》《雪国》《古都》等重要作品的翻译工作。他们很少谈家事，对话大多也是关于工作和学问的。叶渭渠说，这种关系不是"夫唱妇随"，也不是"妇唱夫随"，而是"同舟共济，一加一大于二"。

不久后，《雪国》《古都》交由一家地方出版社准备出版。但那时川端康成尚属"思想禁区"中的重点人物，有人甚至写文章批判《雪国》是一部黄色小说。《雪国》《古都》译稿在出版社积压许久也没有进展，出版社想单独出版《古都》，可是叶、唐夫妇态度坚决，要么一同出版，要么将两部译稿一并收回。最终两部小说译稿不仅成功出版发行，还成了畅销书。专家和读者给予这两部译著很高的评价。

此后多年，二人同在中国社会科学院，做了大量有关日本文学与文化的研究工作，并共同访问日本。在川端康成的家中，他们见到了自川端自杀后就独自生活的秀子。

退休后，两人也不像一般老人那样颐养天年，而是决心"春尽有归日，老来无去时"，两人用近三十年的时间合著了《日本文学史》，光是搜集整理文献资料就耗费近二十年。

叶渭渠、唐月梅携手走过半个多世纪的风雨人生，他们既是相濡以沫的夫妻，也是志同道合的朋友，堪称最美的伉俪学者。他们浩如烟海的译著成就，便是他们忠贞爱情的一大结晶。

图书在版编目（CIP）数据

阵雨中的车站 /（日）川端康成著；叶渭渠译 . ——
杭州：浙江人民出版社，2022.12
ISBN 978-7-213-10475-6

Ⅰ . ①阵… Ⅱ . ①川… ②叶… Ⅲ . ①短篇小说 – 小
说集 – 日本 – 现代 Ⅳ . ① I313.45

中国版本图书馆 CIP 数据核字（2022）第 012456 号

阵雨中的车站

ZHENYU ZHONG DE CHEZHAN

［日］川端康成 著　叶渭渠 译

出版发行	浙江人民出版社（杭州市体育场路 347 号　邮编　310006）
责任编辑	祝含瑶
责任校对	戴文英
封面设计	艾　藤　沐　希
电脑制版	Magi
印　　刷	河北鹏润印刷有限公司
开　　本	880 毫米 ×1230 毫米　1/32
印　　张	9
字　　数	167 千字
版　　次	2022 年 12 月第 1 版
印　　次	2022 年 12 月第 1 次印刷
书　　号	ISBN 978-7-213-10475-6
定　　价	49.80 元

如发现图书质量问题，可联系调换。质量投诉电话：010-82069336